白紙を歩く

鯨井あめ
Kujira Ame

幻冬舎

白紙を歩く

鯨井あめ
Kujirai Ame

エウレカ！

1

セミの鳴き声と部活動の掛け声が、窓の外で響いている。梅雨が明けて夏が始まった六月末。シャツの胸元をぱたぱたと煽《あお》ぎながら階段を下りていると、「定本《さだもと》」と呼び止められ、わたしは踊り場で振り返った。

階段を下りてきた横田《よこた》先生は、いつもの赤いジャージ姿だ。これから部活に向かうのだろう。

「脚の具合はどうだ？」

「まずまずです」

「改めて、インターハイ残念だったな」

曖昧に頷《うなず》くと、横田先生は「おお、なんだなんだ」と興味津々に眉を上げた。「本当は出たくなかったのか？」

「いいえ。でも、辞退しても、残念だとは思わなかったな、って。夏の予定が無くなっちゃったな、とは思います」

「定本らしいなぁ」笑う先生の上半身が揺れる。「秋から調整して、新人戦には間に合わせような」

気を付けて帰れよ、と先生は階段を下りて右に曲がり、職員玄関のほうへ去っていく。大柄で筋肉質。広い肩幅。刈り上げた黒髪。四角い顔。「ゴリ田せんせー」と呼ばれると、「そういうニックネームはやめなさい」と窘《たしな》めながらも、むんと力こぶを作る、陽気な先生。

わたしは階段を下りて左に曲がった。職員室のドアは開いていた。漏れた冷気が足元を流れていく。なかを覗《のぞ》くと、先生たちの頭が点在している。ドアをノックして、「失礼します、蓼《たで》科《しな》先生はいらっしゃいますか」と声をかけた。頭がひとつ飛び出した。

「定本さん」

ばたばたと蓼科先生が職員室から出てきた。紙袋と大量の本を抱えていた。重そうなので、

「手伝います」と紙袋を受け取る。

先生が、職員室のドアを後ろ手で閉めた。

「行こうか」

「はい」

図書室は、特別棟の三階の端にある。職員室から、ちょっと遠い。渡り廊下を通り、人気《ひとけ》のない階段を上る。前を歩く先生の、首の後ろで束ねられた茶色っぽい髪が、尻尾みたいに左右に揺れている。

蓼科先生は、いつもロングスカートを穿《は》いている、メイクの薄い、国語の先生だ。司書教諭を兼任していると知ったのは、昨日のこと。

「蒸し暑いですね」とわたし。階段を上るだけで、熱が身体《からだ》の周りに薄い膜を張ったみたいにまとわりつく。「すごく夏って感じ」

「夏は夜、とも言えないね、最近は」と先生。「陸上部は大変だ。熱中症に気を付けてね」

「今頃テント出してると思います」わたしは先生の背中に尋ねる。「木、直りますか？」

「直ります。ページが外れるくらい、よくあることだから」先生が首だけで振り向く。「珍しいね。定本さんが読書なんて」

「読書、似合わないですか？」

「まさか！」軽やかな声だ。「趣味に、似合う似合わないはありません。好きでやるものだからね。どんどん借りて、どんどん読んで」

三階の端に着いた。湿気がどんより溜まった廊下の突き当たりに、ペンキの剝げかけた白いドアがある。ドアの上には、『図書室』と彫られた金属製のプレートが打ち込んである。そのドアの右の壁には、司書室のプレートを掲げる白いドア。

蓼科先生が司書室のドアに手をかけたとき、ブー、ブー、とバイブレーションの音が響いた。先生のスマホだった。

「ごめん、定本さん、ちょっといい？」

わたしが頷くと、先生はスマホを耳に当てて、「はい」と階段のほうへ戻っていく。「ああ、その件は、はい、パーカッションが……」と、吹奏楽部に関する電話だったみたい。

取り残されたわたしは、司書室のドアの窪《くぼ》みに手をかけた。そこで、微《かす》かな音を聞いた。パチパチパチと、何かを打っている、不規則な音。パソコンのキーボードを打つ音だ。ドアの向こうから聞こえる。

引き戸を開けた。

室内は光っていた。眩《まぶ》しさに、わたしは目を細めた。

光のなかに、人のシルエットが浮かび上がっている。誰かいる。

眩しい光が正面の壁の長方形に収まり、目の奥のじんとした痺れが引いた。窓から差し込む夏の陽射しが、わたしの目を眩《くら》ませたらしい。部屋の中央には丸テーブルがあって、その上にはノートパソコンが載っていた。それを、シルエットの人物がパタンと閉じた。女子生徒だった。彼女は警戒の眼差しでわたしを睨《にら》んでいる。くるくるの巻毛にフレーム付きの眼鏡。半袖の白シャツを着て、下はスラックス。胸元の刺繍がオレンジだから、同学年だとわかる。

「ああ」とわたしの後ろから司書室を覗いたのは、蓼科先生だ。「明戸《あけど》さん、また入り浸ってる」

「ノック、なかったんだけど」明戸さんと呼ばれた彼女は、自分の部屋に立ち入られたみたいに、つっけんどんな口調で言った。「常識なさすぎ」

わたしは、はっとする。

「ごめんなさい。忘れてた」

先生がドア横のスイッチを押した。パッと電気が点いて、ドア付近が明るくなる。

司書室は狭くて圧迫感があった。背の高い棚が壁に沿って置かれ、床には段ボール箱が雑多に積まれている。わたしが丸テーブルの上に通学鞄と紙袋を置くと、埃が舞ってきらきらと光った。なんというか、物置っぽい。司書室に入ったのは初めてだ。図書室に来ること自体が二回目。

隣接している図書室は、埃っぽくて、かび臭くて、暗幕が外れかけていて、校内でも特別人気がない。高校から徒歩数分の市立図書館のほうが、明るくて、デザインが洗練されていて、飲食スペースがあって、トイレが綺麗だ。自習室も広くて、お喋り可能なミーティングスペースもあって、コンビニに近いから、みんなそっちを使う。

「冷房くらい点けなよ」と先生がスイッチを入れた。ごお、と天井から音がする。「明戸さん、鍵の貸出は台帳に記入した？」

明戸さんは、ふん、と横を向いた。「したに決まってるでしょ」

「予備を使ったんだよね？」

「いいじゃないですか、別に、どっちでも。ここは学校。生徒のための場所でしょ。いまのうちに自由に使わせてくださいよ。先生こそ、吹奏楽部は？」

「今日はこっちが優先。あとあなた、そろそろ出席日数やばいよ」

「ちゃんと計算してるんで、大丈夫です」

「サボりに手間暇かけるより、課題を真面目にこなしてください」

「そのうちやります」

明戸さんは窓際の長テーブルに移動した。わたしたちに見えない角度でノートパソコンを開き、タイピングを再開する。何をしているんだろう。

先生が棚の引き出しをごそごそと漁り、「あれ？」と言った。「定本さん、そっちの段ボール箱かケースに、工作マット入ってない？」

わたしは付近を漁った。「ないです」

「あー、廃棄しちゃったかな」

「小さいやつなら」明戸さんが口を挟んだ。「そのカゴに、あったけど」

言われた通り、プラスチックボックスから緑色の工作マットが出てきた。

「さすが明戸さん」と蓼科先生。「司書室の番人ですね」

「その番人から居場所を奪おうとしてるくせに」

「居場所？」とわたし。

「もうすぐ図書室の改修工事が始まるんです」と蓼科先生。「司書室も立ち入り禁止になる」

明戸さんは不機嫌そうだ。

「改修工事したところで弱小図書室に変わりはないでしょ。誰も彼も本に興味がない。図書委員ですら寄り付かない。だからあたしが業務をすることになる。委員でもないのに」

「委員じゃないのに、手伝ってるんだ。すごいね」

わたしが言うと、明戸さんはなぜか背筋を正した。「あ、いや、ま、うん、別に、めんどくさいけどね」と、ぶつぶつ。「あたしは本が好きだから、別に、これくらい」

その間に蓼科先生は、丸テーブルの上を軽く片して、古新聞を敷き、その上に工作マットを置いて、作業スペースを確保した。傍らに、水糊《みずのり》と筆、ハサミやカッターナイフ、白っぽいテープなど、文房具を並べていく。そして工作マットの上に、一冊の分厚い本を置いた。本は色《いろ》褪《あ》せて黄ばんでいる。

「『太宰治全集』だ」明戸さんが言った。

「ページが外れたの」わたしが応えた。「でも、直せるって先生が」

「太宰、好きなの？」

「『走れメロス』を読んでみたくて」

「中学の教科書があるでしょ？」

「捨てちゃったよ。内容も憶《おぼ》えてないんだ。文字を読むとすぐに眠くなる」

再チャレンジした今回も、勉強机に向かって本を開き、目次で『走れメロス』を探してページをめくって、冒頭の数行を読んだあたりで、記憶が薄れている。

「それで、うとうとしてたらページを引っ張っちゃって、外れちゃった」

「わざわざ全集を借りなくても、ネットで検索するとか、文庫を借りたらよかったのに」

「文庫？　って、何？」

「もしかして、文庫本と単行本の違いがわからないタイプ？」明戸さんは、傍のパイプ椅子に置いてあった通学鞄から本を取り出した。「これが文庫。ちなみにこれは『夜間飛行』ね。サン＝テグジュペリが書いた、南米の、夜間の郵便飛行の話。いい本だよ」

「それって、本屋さんに並んでるやつだよね。文庫って言うんだ」

〝国語の教科書　走る話〟で検索して出てきた題名と作者名を求めて、慣れない図書室をうろうろしているうちに、作者の名前が記された分厚い本をたくさん見つけた。一冊一冊が古くて重そうだったけど、これしかないのかも、と思って借りた。

「『走れメロス』も文庫なの？」

「文庫で出てるよ。ちなみに文庫っていうのは、このサイズの本のことね。ほんとに知らないの？　そんなことある？」

「自分の常識が、他人の常識とは思わないように」蓼科先生の注意は穏やかだ。「ふたりとも知り合いだったんですね」

わたしは首を振る。初対面だ。一方で明戸さんは「まあ」と言う。「接点ないけど、同学年の定本さんっていえば、有名人だよ」

「そうなの？」とわたし。

「陸上の人でしょ。長距離とかマラソンとかで表彰されてる」明戸さんは鼻で笑った。「すごいよね。マラソンを自ら選ぶなんて。あれって、友情破壊スポーツじゃん」

「友情破壊……」

「明戸さん」蓼科先生の窘める声。

「冗談です」と明戸さん。「でも、一緒に走ろうね、って約束して、それがすぐに破られるでしょ。裏切りを生む競技。間違ってないですよ」

「だからって、言っていいことと悪いことがあります」

「責めるなら、あたしにマイナスイメージを植え付けた歴代の友だちモドキと体育の授業にしてください」

一緒に走ろうね。そんな約束をしたことがなかったので、明戸さんの主張がピンとこなかった。競技中は、先頭で独走か、先頭集団に紛れつつ自分のペースで走っている。体育の授業や、学内行事のマラソン大会でも同じだ。誰かに合わせたことはないし、合わせようと声をかけられたこともない。ついていくね、と言われたことはある。でも誰もついてこなかった。いつもひとりでフィニッシュ。

友情破壊スポーツ、という言葉が、じんわりと心の内側に広がっていく。

「先生って、製本できるの？」

明戸さんの質問に、先生は肩をすくめた。「自分でやるのは、今日が初めて」

「みえこさんに頼もうか？」

「ありがとう。でも、何事もチャレンジですから」

先生は、『太宰治全集』を開いた。ページを丁寧にめくり、外れてしまった一枚を見つけて、ページの番号と文章のつながりを確認した。

明戸さんが近寄ってきて、ページの文字に目を走らせる。「激怒してるね。年季の入った全集だなぁ。日焼けしすぎ」

「これって、高価なものなの？」とわたし。

「それなりの値段ではあるよ」と明戸さん。やっぱりそうなんだ。

一昨日の夜を思い出すと、いまでもひやりとする。シューズを擦り減らす経験は多くても、物を不注意で壊す経験は少ないから、ページが外れた衝撃は大きかった。「学校の備品を弁償する方法を教えてください」と担任の先生に相談すると、蓼科先生に話を通してくれた。そして「それくらいなら修理で済みますよ」と言ってもらえたのだ。

「さて」

先生は、プラスチックの水糊ケースの蓋をきゅぽんと開けた。細筆の先に糊を付けて、外れたページの薄い背に塗っていく。わたしはその手元をじっと眺める。離れたものをくっつけるには糊を使う——原始的だ。

「テープで貼るのは、だめなんですか?」

「セロハンは、だめ」明戸さんが答えた。「色が付くし、劣化が早いし、紙が傷むから。紙テープなら使えるけど、ページ一枚の修復なら糊で充分」

「ばらばらになってたら、無理だったよ」先生は苦笑して、余分な糊をウェットティッシュで拭き取った。そして糊を塗ったページを本に差し込み、本を閉じて、上から両手でぐっと押さえる。さらに輪ゴムで固定して、司書室の本棚にあった分厚い洋書を上に重ねた。

「これでよし。明日まで、このままにしておいてください」

「終了ですか?」

「終了です」

わたしはほっとする。すぐに修理が済んでよかった。

「それ、糸綴《いとと》じですよね?」明戸さんが、『太宰治全集』の背表紙を指した。「またすぐ外れそう」

「そうなったら、いよいよ廃棄かな」

「本を捨てるってこと？　全集のうちの一冊なのに？　歯抜けになるじゃん」

「じゃあ、明戸さんが引き取る？」

「いや……書庫に入れるのは？」

「それもいいけど、ここは博物館ではありませんからね。破損が激しくて誰も借りないなら、置いておいても場所を取るだけでしょう。いつかは捨てないと」

たしかに、と思ったわたしの隣で、明戸さんの唇がむっと尖《とが》る。「本を焼く人間は、やがて人間も、って言いますよ」

「古紙回収でリサイクルする人間は？」

「……ハイネに訊いてください」

「ハイネって誰？」とわたし。

「ドイツの詩人」と明戸さん。「蔵書を捨てなくてもいい方法、ないんですか？」

「人任せにしないで、自分で考えて」と先生。「自分でエウレカしてください」

「エウレカする？」とわたし。

「我発見セリ」と明戸さん。「アルキメデスって数学者が、お風呂に浸かったときに溢《あふ》れ出たお湯を見て、水を使って質量を計測する方法を思いついて、叫んだ言葉」

「詳しいなぁ……」やっぱり、本を読んでいる人は博識だ。

明戸さんは唇を尖らせたまま、先生に言う。「アルキメデスは、天才だったから発見できたんです。凡人が考えたところで、車輪の再発明になるだけでしょ。意味ある？」

「ありますよ。考えて、考えて、自分なりの答えを見つける。最終的に自分を納得させるのは、自分ですからね。自分のために、思考し続けるんです」

「自己責任論ってこと？　あたしの嫌いなやつだ」

「先生が言いたかったのは、思考はやがて、自分になっていくってことです」

「じゃあそう言えばいいじゃん。回りくどいなぁ」

「回りくどさも、ときには大切」

先生は小さなシンクで筆先を洗い流し、文房具を紙袋に入れて、棚の引き出しに仕舞った。

わたしは古新聞をまとめて、備え付けのごみ箱に入れる。片付けはあっという間だ。

「では、先生は部活に行きます。明戸さん、司書室の鍵は、職員室に戻すように」

「わかってます」

「ふたりとも、気を付けて帰ってね」

ドアがトンと閉まった。明戸さんが丸テーブルに戻り、ノートパソコンを開いて、タイピングを開始した。わたしは尋ねる。「明戸さん、クラスは？」

タイピングが止まる。「何？」

「クラス」

「Aだけど」

A組は、普通科の文系クラスだ。教室棟の西端にある。クラスは西からアルファベット順に並んでいて、わたしのF組は東端。つまりAとFは、教室棟の端と端。生徒玄関の靴箱は離れているし、移動教室で使う渡り廊下や階段も別。そもそも学科が違うから、時間割や授業も被らない。

スポーツ科のF組は、同じスポーツ科のE組とだけクラス替えがある。合同授業もE組とだけだから、交友関係もその二クラスで収まりがちで、唯一の全校交流イベントである文化祭のときも、秋季大会や新人戦に集中している人が多い。わたしも去年はクラスの出し物に参加しなかった。

そういえば、蓼科先生が受け持っているのはDからFクラスだ。明戸さんのAクラスとは接点がないはず。

「蓼科先生と仲がいいの？」

「知り合い。あの人、司書だし、個人的にもちょっとつながりが」

「いいな」

「いいな？　なんで？」

「蓼科先生が、小説に救われたって話をしていて、いいな、って思ったから」

春のこと。国語の授業で、蓼科先生が学生時代のことを話してくれた。そのとき零《こぼ》された言葉が、わたしのなかにこだましている。「現実に答えが見つからないときは、物語の世界に答えを探すのも、ひとつの方法です。虎になってしまう前に」――あれは何の授業だったかな。難しい文章だった気がする。

本を読むのは苦手だ。周囲にどれだけ勧められても、読めなかった。だからずっと、読書家に憧れている。クラスにひとりはいる、本を読んでばかりいる子。速読が得意で、難しい漢字の読み書きができる、物静かで思慮深い子。物語を楽しめないわたしは、そういう人をかっこいいなって思う。羨ましいな、って。

「明戸さんって、本のこと、詳しいんだね。『走れメロス』の内容、憶えてるの？」

「当然」

「面白い？」

「太宰の作品は、面白いとか面白くないとかじゃないから。すごい、だから。筆致と表現力で殴ってくるタイプの作家だから」

「そうなんだ」

眼鏡越しに、ジロ、と睨まれた。「これ、何の時間？」

「よかったら、おすすめの小説を教えてくれない？　わたし、小説のこと詳しくなくて、文章を読むの苦手で、けど読書したいんだ」

「なんで？」

「走る意味が、わからなくなっちゃって」

「走ることに意味なんかあるの？」

「なかったから、困ってる」

「どういうこと？」

故障をして、休部してから、クラスで進路希望調査が行われた。スポーツ推薦を使うか、一般入試にするか、この先も走り続けるか、高校いっぱいで辞めるか、そのうち決めなくちゃいけないんだって実感した。そして気づいてしまった。

「わたし、ずっと、無心で走ってきたんだ。何も考えず、陸上を続けてきた。だから、わたしの内側のどこにも、走る理由がない。でも、走りたくない理由もないから、どうしたらいいんだろうって悩んでる」

「変な悩み。その答えが、小説のなかにあるかもしれない、って？」明戸さんは頬杖をついて、じっとわたしを見ている。見定めるような目つきだ。「読み始めたら寝ちゃうくらい、つまんないのに？」

「つまんないわけじゃないと思う。慣れてないだけで。小説って、きっとすごいんだろうなって、思うから」

「すごい？」明戸さんの頬杖をついた手の指先が、頬をとんとんと叩いている。「どういうふうに？」

「本を読んでる人って、賢いでしょ。読解力がある。考え方が柔軟っていうか、達観してるっていうか、悟ってる感じがする。視野が広い」

「ふうん……あたしはね、物語は人を救うって信じてるんだ」にやり、と明戸さんの口角が上がった。「だから、悩める定本さんが読書を試みているのは、最適解だと思う。小説は万能だから」

「万能」

「明日、ここに来てよ。『走れメロス』の文庫本、貸してあげる。でもどうして初手で全集に行っちゃったのかな。選書としては大間違いだよね。本の選び方を知ってたら、そうはならないでしょ。学校教育のせいだよ。図書室が機能してないから、間違いが起こる。生徒が読みたい本にスムーズにたどり着けるようにすべきだよね。図書委員が働くべきだし、専任の司書も雇うべきだよ。コストカットで必要な部分を削ぎ落としてミスを誘導するなんて、却って税金の無駄遣いだと思わない？」

つらつらと言われて、お礼を言いかけていたわたしは面食らった。

「明戸さんって、すごく上から目線だね」

彼女はぎょっとした。目線を下げて、気まずそうに顔を逸らして、口をもごもごとさせる。しまった。傷つけちゃった。わたしがごめんと言う前に、ポケットのスマホが震えた。取り出すと、親からだ。あと五分で着くらしい。

「そろそろ行かなきゃ。迎えだ」

「へえ、どっかのご令嬢なの？」

「膝を痛めてて、これから病院」

校門の前で車を長時間待たせるわけにはいかない。病院の予約もある。またね、と告げた。

生徒玄関に着いてから、謝り損ねたことに気づく。

翌日、つまり金曜日の放課後。司書室に行くと、涼しさのなか、中央の丸テーブルでノートパソコンのキーボードを叩く明戸さんがいた。「それ、くっついてたよ」と、画面を見ながら言う。全集のページのことだ。わたしはお礼を言う。

「ここの鍵って、生徒が借りれるの？」

「ごねた。去年からしょっちゅう借りてるから、何も言われない。司書教諭を部活顧問と兼任させて仕事を押し付けて放課後に図書室を開けたり開けなかったりする管理下手の高校が悪い」

明戸さんって、たぶん口が悪くて、あけすけな言い草をする人だ。一方的に決めつけて文句を言えちゃう人。親しくなったことがないタイプだから、新鮮に感じる。

「そうだ、昨日、ごめんね」

「え？」明戸さんが顔を上げた。「何が？」

「上から目線って、言っちゃったから」

「いま？　別にいいけど……」

わたしは通学鞄を丸テーブルに置き、全集を抱えて図書室へ移動した。

図書室の自習スペースは、蒸し暑くて、がらんとしていた。壁紙の一部が剝がれたり、床に落ちない汚れがあったりと、古さを感じる。どうしても市立図書館と比べてしまう。

奥の棚に全集を戻して、帰ってくる途中、出入り口傍の大きな掲示板が目についた。真新しい紙が一枚貼り出されていて、そこには『改修工事のお知らせ』と書かれている。昨日、蓼科先生が教えてくれたことだ。期間は夏休みの初日から十月中旬まで。その間、図書室と司書室は立ち入り禁止になるらしい。

司書室に戻ると、明戸さんは窓際に移動していた。パソコンの画面がわたしに見えない位置で、カタカタとタイピングしている。絶え間ない音は、楽器を奏でているみたいだ。

「スマホ、使わないの？」

「フリック入力だるいし遅い」

「すごいね。キーボードのほうが速いんだ」

「慣れてるから」

「何をしてるの？　プログラミング？　動画作製？」

タイピングの音が止《や》んだ。明戸さんは、通学鞄から文庫本を取り出した。

「これ、はい」

表紙には、ぼやっとしたイラストが描かれている。男の人が走っている絵だ。題名は、『走れメロス』。

「ありがとう」受け取って、パラパラとめくる。「結構分厚いね」

「それ短編集。『走れメロス』以外にも収録されてるから、読むとき気を付けて」

「いつ返せばいい？」

「読めたらでいいよ。二学期に入ってからでも、全然」

「わかった。早く読めるよう、頑張るね」

汚れないようハンカチでくるんで、通学鞄に仕舞った。

「読書は頑張ってすることじゃないけどね」明戸さんの顎が、くんと上がる。癖毛の前髪は、目にかかるくらい長い。「普段、本当に本を読まないの？　一冊も？」

「一冊も。だから読書スピードもすごく遅くて」

「オーディオブックとかは？　朗読してくれるやつ」

首を横に振る。朗読されたら、さらに眠気が強まりそうだ。

「どうして眠くなるの？」

訊かれてから、考える。「文字がたくさんあるから、かな」

「なんで文字がたくさんあると眠くなるの？」

「なんでだろう。でも、小説だけじゃないんだ。映画も、ドラマも、アニメも、漫画も、ほとんど最後まで憶えてない」

「飽き性ってこと？　集中力が保てないとか？」

「どうなんだろうね？」

わたしは通学鞄を肩にかける。じゃあ、と言いかけて、「あのさ」と呼び止められた。

「定本さん、部活は、休部中？」

「うん」右脚をちょっとだけ上げる。「サポートも、やってない」

「えっと、じゃあ、これから空いてる、ってことでいい？」

頷くと、明戸さんの視線が泳ぐ。

「あー、あの……その、うちの家、ブックカフェを、やってるんだけど、来る？」

ブックカフェ。「いいの?」

「いい、けど、そんな、即答?」

「悩んだほうがよかった?」

「そういうわけじゃないけど……えっと、歩くから、脚は大丈夫?」

「走らなければ」

そう、へえ、と言って、明戸さんはノートパソコンを閉じた。ケースに入れて、通学鞄に仕舞う。テーブルの上の鍵を手に取って、冷房を切った。わたしがカーテンを閉めると、司書室は夜みたいに暗くなった。

職員室に鍵を返して、校舎を出る。真夏の陽射しに、明戸さんは折り畳みの日傘を差した。日傘を忘れたわたしは、目元に手をかざして影を作る。腕がじりじり焼けていく。湿度と気温が下がる気配はない。朝に塗った日焼け止め、落ちてしまったかも。塗り直したくても、予備は部活用バッグのなかだ。

「こっち」と言われて、普段は使わない道を、明戸さんについていく。駅と反対方向だ。知らないお店がたくさんある。信号に引っ掛かるたび、明戸さんはスマホを取り出している。逃げ水の見えるアスファルトを黙々と進むこと、三十分。坂道を上った住宅街の一角にたどり着いた。そこには三階建ての小さな家があった。家の一階部分は半地下になっていて、木製のドアにはプレートがかかっている。『ブックカフェ・アトガキ』。開店時間は十三時半から十九時まで。定休日は火曜。

「アトガキって、本の？」

「そう。店主が、定年退職して始めたお店。そろそろ人生のあとがきでも書くか、って」

「おしゃれな理由だね」

来た道を振り返ると、坂の下に街が広がっていた。繁華街と駅を越えた先には、右から左へ流れる大きな川と、アスファルトの敷かれた堤防も見える。

半地下の入り口へと階段を下りて、明戸さんがドアを開けると、カランカランとベルの音が鳴った。わたしの背後でドアが閉まるときも、同じ音が鳴る。冷房の涼しさに全身が包まれて、ほうと息を吐いた。

「いらっしゃいませ」と、エプロンを着けた男の人が、カウンターの内側で言った。黒色の短髪で、細身の体格だ。持っていた文庫本を閉じて、座ったまま「おかえり」と言い直す。たぶん、店員さん。他にお客さんらしき人はいない。

明戸さんが言う。「織合《おりあい》さん、また店番？」

男の店員さんが答える。「これは間借りの対価」

「あっそ。定本さん、この人は織合慎《まこと》さん。ここに入り浸ってる社会人。二十代後半。で、こっちは定本風香《ふうか》さん。陸上の人」それぞれを紹介した明戸さんが、通学鞄をカウンター席に置く。「定本さん、そこ、座って」

わたしは通学鞄を足元に置き、明戸さんの鞄を挟んで隣に座った。

明るくて狭いお店だった。テーブル席が三つと、カウンター席が五つ。カウンターと反対の壁が一面本棚になっていて、サイズの異なる本がずらりと並んでいる。調度品の色合いは古そうで、大人っぽい純喫茶といまっぽい喫茶店の中間の雰囲気だ。

「何か飲みます？」と織合さん。身長はわたしと同じくらいだろう。メニュー表を手放すように置く仕草に、性格を感じる。

「じゃあ、カフェラテで」こういう場所では、カフェラテが似合っている気がした。

「この暑いのに、よく熱いの飲むね」明戸さんがノートパソコンを取り出しながら言った。

「あたしアイスティー」

織合さんが片手を振る。「自分で淹《い》れろ。出来合いをグラスに注ぐだけだろ」

「ちっ。みえこさんに言いつけてやる」明戸さんが席を立ち、カウンター内に入った。

カウンターの奥に続く小部屋は、キッチンらしい。カーテンの隙間から小ぶりの冷蔵庫が覗いている。そこからピッチャーを取り出した明戸さんは、背の高いグラスに四角い氷を入れてから、紅茶を注いだ。

織合さんは、カチャリ、ザラザラ、とカウンターの端でコーヒー豆を準備している。やがてゴリゴリとミルにかける音がした。

わたしは体をねじって、背後の本棚を眺める。本当に壁一面、本棚だ。上から下、端から端まで、本が詰まっている。

「全部、小説？」

「ほとんど」と、キッチンから戻ってきた明戸さんが答える。「右端はエッセイと旅行記。大きいのは風景の写真集」

我が家では見られない光景だ。「すごいね」

「初のブックカフェ？」

「うん」

学校帰りにカフェに寄ること自体、初めてだ。空腹に耐えられなくて、コンビニで肉まんを買い食いしたことはある。

明戸さんのノートパソコンが開かれ、パチパチとタイピングが始まった。

「おまえなぁ」と、カウンターの端で織合さんが溜息を吐《つ》く。「友だちがいるのに」

「うるさいな。キリがいいところまでやらないと気が済まない性分だって何回言えばわかるの？」

「にしても初めてじゃないか、ルイが人を連れてくるの」

「ルイ？」

「あたしの名前。種類の〝類〟」

明戸類。

わたしは織合さんに尋ねる。「店番っていうのは、従業員の方ですか？」

「俺、ここの地下室で本の修繕をやってるんです。場所を借りてるお礼にボランティアで店番をしてたのが、最近アルバイトに昇格しまして」

「営業日の半分は入ってるからね」明戸さんがパソコンの画面を見ながら補足する。「あまりに無償労働が過ぎるから、賃金を押し付けることにしたんだよ、オーナーが」

「ここのオーナー、修繕の専門家だからいろいろ教えてもらってるんですよ。そいつの大伯母」織合さんは、くいと顎で明戸さんを示した。

「そ、おばあちゃんの姉。最近、市の貴重な郷土資料が見つかったとかで、非常勤で働きに出てんの。とっくの昔に定年したってのに」

たしかここは、明戸さんの家だったはずだ。ご両親と大伯母さんと住んでいるのだろうか。珍しい組み合わせ。でも外観を見た感じ、そこまで広い建物には見えなかった。もしかして、二人暮らし？

こと、と音がして前を向くと、コーヒーカップが置かれていた。

「カフェラテです」と織合さん。「お口に合えばいいけど」

「いただきます」早速、一口飲んだ。「美味しいです」

「よかった。学生のとき、カフェのバイトが長かったんですよ」

明戸さんが顔を上げた。「織合さん、一瞬だけでいいから、裏に行ってくれない？　三分。何か仕込んでて」

「何を仕込むんだよ」

「スコーンとか」

「どう仕込むんだ」

織合さんがカウンター奥に引っ込んでいく。キッチンの音が漏れ聞こえるから、たぶんわたしたちの話し声も聞こえているけれど、いいのかな。

「あの」と意を決した口調で、明戸さんはわたしにノートパソコンの画面を向けた。縦書きの文字がずらっと並んでいる。「見てもらったらわかると思うんだけど、これ、小説」

「小説?」パソコンの画面に?

明戸さんはそっぽを向きながら、続ける。「その、あたし、創作活動してて」

「あっ、なるほど。すごいね」

「ネットにアップしたりとか、新人賞の公募に送りつけたりとか、そこそこ、精力的にやってて、ほとんど呼吸みたいなもので」

「呼吸」よくわからないけど、書いた小説で何かをしていることはわかった。「うん」

「それで、お願いがあって。いま、次回作のネタに悩んでて、だから、『走れメロス』を貸す代わりに、あなたをモデルに、小説を書いてもいい?」

黙っていると、明戸さんの鋭い眼光がわたしを刺した。「無理なら無理って、はっきり言って」

「ごめん、ちょっと考え事してた」わたしは答える。「いいよ。でも、わたしをモデルにしても、つまらない作品になると思うから、」

「そんなわけない」

遮って断言した明戸さんは、今度は真剣な顔つきで、まっすぐわたしを見ていた。

「絶対にハッピーエンドにしてやる」

むしろモデルにするんだから、と言い聞かせるように力の籠った言葉が続く。

「ハッピーエンドにする、責任があるでしょ」

明戸さんの口調と眼差しは、司書室の窓から差し込んできていた陽射しみたいに強かった。

2

あたし、明戸類は自分に甘い。どれだけ甘いって、やらなくてもいいけどやったほうがいいことをやらないくらい、甘い。たとえば数学の課題で、解答を導いたあとに、途中式のミスを見つけたとしても、直すことなく提出する。高校の内申なんてあってないようなものだし、入試や就活で求められたとしても、たった三年間の生活態度の評価だ。あてになるもんか。人生は長い。面倒なことはしたくない。やりたいことに一生懸命になるべき。自分は大切にすべき。多少の甘さは許されてしかるべきだ。

畳に寝転がって、天井の木目をぼんやり眺める。窓の外はもう暗い。ここは『ブックカフェ・アトガキ』の三階、あたしの部屋だ。うちの一階はカフェ。二階と三階は居住スペースになっている。

寝返りを打つ。床に耳を付けると、みえこさんの料理の音がする。

起きて、座卓の上のノートパソコンを開いた。続きを書こうとして、文章を読み返して、気分が重たくなったので、新しいワードファイルを立ち上げた。〝主人公のモデル：定本風香〟と打ち込む。どんな話にしようか。

彼女に最も近い設定なら、舞台は現代日本だろう。主人公は高校生で、陸上部に所属している。好成績を収める選手だったが、交通事故に遭い、下半身不随となってしまう。悲劇のヒロインとしてメディアに取り沙汰されるうち、自己陶酔し始めて……。

「いやだめでしょ」

定本さんに失礼すぎる。頭のなかの設定を掻き消した。いつもそうだ。同じところで躓《つまず》く。あたしの書く小説は、暗すぎるのだ。

あたしは熟練者のふりをして、見栄を張った。絶対にハッピーエンドにしてやる、と断言したくせに、実は一作もハッピーエンドで結べたことがない。設定は次々湧いてくるし、そここそ速筆だ。小説サイトで連載していて、完結させた作品もたくさんある。でも、最後まで明るさを貫けた例《ため》しがない。どれほど陽気なスタートを切っても、途中から重苦しさが増してしまい、結末は決まってバッドエンド。だからこそ、定本さんに向かって断言した。「絶対にハッピーエンドにしてやる」って。他人をモデルにするのだ、ハッピーエンドにする義務がある。義務であれば、頑張れる、はず。

いまから数時間前。あの狭いカウンター席で、あたしのお願いに、定本さんは「うん」と言った。事もなげに。そして首を傾《かし》げた。

「えっと、じゃあ、わたしは、どうしたらいい?」

「どうしたらって?」

「取材とか、するの?」

あたしは言葉を濁した。もちろん、話は聞きたい。できればたくさん。でも。

「畏《かしこ》まった状態で質問したりされたりしても、表面的なことしか言えないでしょ。追い追い、必要になったら、さりげなく訊くよ。こっちが勝手に拾う。だから、新作が書けるまでの間、期間限定で、友だちになってくれたら嬉しい」

「いいよ。これからよろしくね」

「そんなあっさり？」

「え？」

不思議そうな顔をされて、あたしは気まずくなる。

「あの、モデルにするって、小説のネタにするって意味なんだけど、伝わってる？」

「うん」

本当だろうか？　モデルにされるの、嫌がる人も多いと思うんだけど。いや、下手に追及するのも変な話か。こっちからお願いしておいて。

「まあ、じゃあ、その、できれば週に一回か二回くらい、ここで話そうよ。ドリンク奢《おご》るから」

「それくらい自分で出すよ。でも、カフェの邪魔にならない？」

「ならない。客なんてほとんど来ないし」

「来るときは来るぞ」

カーテンをめくった織合さんが言う。

「営業妨害はやめましょう」

「そんなわけで織合さん、しばらくこの子、ここに来るから。来ても追い返さないでよ」

「俺はいいけどさ、ほんと、他の客の邪魔にだけは、ならないようにな」

「客なんて、勝手知ったる常連ばかりじゃん」

「だからだよ。みえこさんが大切に作り上げてきた場所なんだ。わかるだろ？」

「それは、わかるけど」

織合さんは、子どもを窘める大人の顔だ。憎たらしい。「世話になってるんだから迷惑かけるなよ」って言いたいんだ。普段のらりくらりとしているくせに、根は責任感が強い。いまだって、きっかり三分計って戻ってきたのだろう。

あたしは『アトガキ』を占領したいわけじゃない。迷惑はかけたくないし、営業妨害するつもりもない。司書室の代替場所がほしいだけだ。憩いの場が改装されている間、自宅のお店の隅をちょっと借りるだけなのに、逐一理由を言わなくちゃいけないの？

むっとしているあたしの隣で、定本さんは「気を付けます」と素直な態度だ。変な人。いまこの瞬間、世界が終わると知らされても、「そうなんだ。わかりました」って頷きそう。

定本風香。健康的な肌と、すらりとした佇《たたず》まい。脚が長い。身長も高い。百七十センチくらいある。校内でその名を知らない人はいない、陸上部の長距離のエース。度々表彰され、スポーツ系の雑誌やウェブニュースにも取り上げられた経験がある、スポーツ推薦組。大きな大会の常連。メダルコレクター。校内の表彰式で名前を呼ばれて体育館のステージに上がる後ろ姿を、何度見たことか。きっと体育会系特有の、竹を割ったような性格だろうと予想していた。

それがまさか読書に興味があって、それなのに本が全く読めないなんて、驚いた。あたしが何を言っても動じることなく、素直にこくりこくりと頷くのも意外だった。垣根がなくて、エネルギーが低い。体育会系っぽい熱はない。ハードルを易々と飛び越えてくるフットワークの軽さはある。テンションと距離の詰め方が、独特。

嫌いではない。どっちかといえば、好感。生まれてこの方十七年間、関わったことのないタイプだ。小説のモデルにするなら、自分とはかけ離れた存在がよかった。定本さんは、あたしには見えない世界を見て、あたしにはない思考回路を持っている。だからこそ、あたしに新しい発想を齎《もたら》してくれるはずだ。

目を閉じて、考える。明るい話。ハッピーエンドになる話。

七月に入った。陽射しが増して、照り返しも強まった。アスファルトの焦げる臭いがしそうなくらいだ。七月でこの暑さなら、八月はどうなってしまうのか。地表がマグマみたいに溶けるんじゃないか。眩しい窓の外にげんなりしていると、司書室のドアがノックされた。「どうぞ」と返すと、そっと開き、定本さんの顔が覗く。

「お待たせ」

横田先生に呼び出されたらしい。部活か怪我のことだろう。待っていたあたしは、ノートパソコンを閉じた。

司書室を出ると、廊下のむわっとした空気に包まれて、さらに気が滅入る。

校舎は静かだった。部活動はない。来週の木曜日から、期末テストが始まるからだ。だるい。

めんどい。テストの点数で人間の出来と将来が判断される社会に、希望はない。

「小説は、順調？」

生徒玄関へ向かいながら、定本さんが訊いた。あたしは答える。

「まだ設定を練ってるところ。それができたら、プロット作成」

「プロット？」

「あー、えっと、物語の設計図、みたいな感じ」

「へえ。どんなお話なの？」

「あんまり決まってない。主人公が定本さんっぽい、ってところくらい」

「そっか。楽しみにしてるね」

定本さんは、抑揚のない話し方をする。表情はいつもちょっとだけ脱力している。言っているることが本心か建前か、わかりづらい。でも不要な嘘を吐くタイプではないと思うから、たぶん本心だ。

「テスト前だけど、いいんだ？」

あたしの質問に、定本さんは頷く。

「塾で復習してるから」

陸上部で活躍して、塾にも通って、忙しい人だ。

「定本さんって、理系っぽいよね」

「あ、でも、スポーツ科に文理選択ないんだ」

「知ってる。傾向として」

「理系、だと思う。文系科目が苦手。国語は特に」

「英語は？」

「イディオムは得意。長文読解は苦手」

「理系科目は好きなの？」

「数学がいちばん楽。問題を解くだけだから」

あたしは舌を巻いた。言ってみたい、解くだけだから。

「もしかして定本さんって、運動もできて、勉強もできる超人？」

「そんなことないよ。歴史も苦手。憶えることがいっぱいあって」

「憶えなくても流れを摑んだら理解できるじゃん。応仁の乱とかさ、今日習ったけど」

「応仁の乱。せんにひゃく……、えっと、いつだっけ」

「一四六七年。勢力図のわかりやすい後継者争い。細川勝元と山名宗全が後ろ盾に押されて開戦して、戦う理由がなくなったのに引くに引けなくなって長期戦になった、内ゲバ。どこが引っ掛かってるの？」

定本さんは、数秒黙った。

「えーっとね、戦う理由がないなら早くやめればいいのに、変だなぁ、って思って、興味がなくなる」

「そこは、お互いの矜持《きょうじ》とか、後継ぎとか、権力とか、熱い野望や秘めたる思惑とか、人間ドラマがあってさ、そこが歴史の面白いところだと思うけどな」

「うーん……結局、歴史って、何百年も前の知らない人のことだから、夢の話を聞いてるみたいだよね。どうでもよくなっちゃうな」

なんだか、春風みたいな返答だ。声音とか、言葉選びが。がっつりスポーツをしているくせに、勝負事や向上心とは無縁です、って感じ。そのメンタルで、どうやってメダルをコレクトしているのだろう。

「定本さんって、独特の感性って言われない？」

「変わってるね、って言われたことはあるよ」

「だよね」

生徒玄関に着き、靴を履き替えた。夕方四時。校舎の外は真っ昼間のようだ。日傘を差して、校門を目指す。停滞した空気がまとわりついてきて、イライラする。

隣を歩く定本さんの膝小僧が、スカートの裾に隠れている。膝下のスカート。校則に準じた長さだ。

「折ってない人、いるんだ」

定本さんは小首を傾げて、「折る理由がなくて」と言った。

「理由って、むしろ校則を守る理由もないよ」

「でも、破る理由がないでしょ」

「真面目……」

「真面目じゃないよ。走りましょう、って言われて、無心で走ってるのと同じ。何かを守るにしても、破るにしても、理由がないよりあるほうが、わたしは羨ましいって思うよ」

「ふうん。脚の怪我、長いの？」

定本さんが首を横に振ると、ポニーテールが遅れて左右に揺れた。

「ブロック大会が終わってから、右膝が痛くて。それで、ランナー膝。使い過ぎだって」

「使い過ぎるくらい走ったの？」

「そんなつもりじゃなかったんだけど、結果的に。三か月は様子見しながら、しっかりストレッチして、負荷をかけすぎないようにウォーキングから始めて、って感じ。半月板損傷じゃなくてよかったね、って親に言われた」

半月板云々《うんぬん》は、聞いたことのある病名だ。スポーツ選手が手術をしているやつ。

「ご両親は、陸上に詳しいの？」

「ふたりとも選手だったよ。いまは引退して、パパは大学の陸上部のトレーナーで、ママは別の大学で陸上部の監督してる」

都心の私立大学の名前をあげられた。駅伝やマラソンに強い大学らしい。

「サラブレッドじゃん。じゃあ、両親から陸上を強制するような重圧があって、いままで走ることを辞められなかったとか？　理由がない原因はそこじゃないの？」

「え？　いや、重圧はないと思う。親は、好きにさせてくれてるよ」

「知らず知らずのうちに悪影響を受けてるかも」

「それも、たぶんないかな。わたしが困ってる原因は、自分のなかに走る理由がないことだから、家族は関係ないと思う」

「どうだか。家庭環境の歪《ゆが》みって、子どもは気づきにくいし、家族としか暮らしたことがないから、先入観もあるだろうし」

そこまで言って、あたしは口を噤《つぐ》んだ。汗がこめかみから垂れて、顎に伝った。それを拭う。

「あのさ、言いたくないことは、言わなくていいから。気を回されると却ってやりづらい」

「ありがとう。いまのところ、気は回してないよ。いいモデルになれてるかどうかわかんないけど」

その横顔がやけにあっさりしていたので、あたしはつい鎌をかける。

「走るの、好きなんだね」

目が合った。定本さんはあたしより頭半分くらい背が高いので、見下ろされる形になる。でも目元に清涼感があるから、怖くない。

「好きに、見える?」

「長距離って、何メートル?」

「三〇〇〇」

「好きじゃないのに三キロ走る人間はいないでしょ」

「でも、インターハイを辞退しても、そんなこともあるかーって感じだったよ。好きだったら悔しく感じるんじゃないかな」

「悔しさを感じないようにしてるか、フランクなお付き合いに留めてるか」

定本さんは「フランク」と繰り返して、ちょっと笑った。日傘の下に似合う、涼やかな笑い方だった。

「そうだね。だから理由がないんだ。強い動機があったら、ぐるぐる悩まずに済むんだろうな」

たしかに、人生というストーリーをスムーズに進めるには、強い動機が必要だ。

「でも、理由のあるなしで、ずっと続けてきたことに疑問を抱くのって、変わってるよ」

「そうかな」

「悩みとしては珍しい気がする。何をしてるんだっけ？　って我に返って思うことはあっても、どうしてこれをしてるんだっけ？　って思うことはそうそうない……ってあたしは思うけど」

「そうなんだ……」

信号で止まったとき、定本さんがぽつりと呟いた。

「理由がないのに、どうして早く戦いをやめなかったんだろう」

スマホを弄《いじ》っていたあたしは、応仁の乱の話だと気づいて、「あー」と適当な相槌《あいづち》を打った。

腑に落ちた。走る理由がないから走り出せないくらい、理由に拘《こだわ》る人なんだ。しかも一度気になったことはずっと気になる。なるほど。だから日を跨いで謝ってきたんだ。

「どうしても戦いたかったんじゃない？」

あたしの適当な返答に、定本さんは「そうかも」と納得した。そこは納得できるのか。

坂道を上り、『アトガキ』に着いた。日傘を畳んでドアを開けると、カランカランとベルが鳴って、冷たい空気が流れ出てくる。

カウンターで「おかえり」と言ったのは、あたしの大伯母のみえこさんだ。

みえこさんは、ショートボブの綺麗な白髪だ。小柄で、シックなワンピースを着ていて、話し方はゆっくり、声のトーンも低めなので、穏やかな人に見える。見えるだけだ。実態は思い切りが良くて挑戦が大好きで、なかなか波乱万丈な人生を送っている。長編小説や映画になりそうな、山あり谷ありの人生を。定年退職後に開いたブックカフェを『アトガキ』と名付けるセンスは、あたし好みだ。

みえこさんの向かいのカウンター席には、お客さんがいた。常連さんだ。みえこさんと同年代の、ふくよかな老齢女性。柊木《ひいらぎ》さん。

「おかえり！　暑かったでしょ！」

彼女に景気良く挨拶され、あたしは「ですね、へへ」と頷く。情けない愛想笑いだ。続けて話しかけられそうだったので、先んじてみえこさんに尋ねる。

「今日、仕事じゃなかった？」

「午後から休みになりました」

にこにこ顔で小ぶりの丸眼鏡をくいっと上げて、みえこさんはあたしの後ろに視線を遣《や》った。

「いらっしゃい」

どうも、と定本さんが会釈をした。「定本風香です」と自己紹介する。

「定本さんね。類から聞いています。ゆっくりしていってくださいね」

「ありがとうございます」

定本さんは、常連さんにも「こんにちは」と挨拶した。そのまま天気の話を振られて、「暑いですね」とクールな表情で会話を続けている。対人の恐怖が微塵も感じられない。彼女の辞書には、人見知りという言葉がないのだろう。

最奥のテーブル席に、あたしたちは通学鞄を下ろした。

「定本さん、何が飲みたい？」

「カフェラテ」

言いながら財布を出そうとするので、制した。注文を入れ、自分のアイスティーも用意する。あたしの生活費は、両親がみえこさんの口座に送金している。それとは別にお小遣いも貰っているので、奢るくらいわけない。

しかし、『アトガキ』に柊木さんがいるとは思わなかった。これでは定本さんにプライベートな質問がしづらい。プライバシーは尊重されるべきだ。それに柊木さんは近所で個人経営の本屋を営んでいて、小説執筆とか創作活動みたいな話に目がない。あたしがカウンターで執筆していると、「どんな話を書いてるの？」「できたら読ませて！」「オリジナル小説、気になるわぁ」と、毎回しつこい。恥ずかしいから断っているのに、ずっと応援してくる。やめてほしい。

やむなし。今日は大人しく勉強しよう。もしくは別の話。そう、たとえば。

「『走れメロス』、読んだ？」

数IIの参考書を広げていた定本さんは、首を振る。

「一行も読めてない」

「一時間で読み終わるよ。一万字弱でしょ」

「そんなにあるの？」

瞠目《どうもく》された。一万字って長い？　そんなわけない。書いていたらすぐ埋まる文字数だ。

「だって、一万字ってことは……」

あたしは日本史の教科書とノートをテーブルに置いて、スマホを取り出した。

「原稿用紙一枚が四百字詰めで、つまり、」

「二十五枚」

あたしの電卓より、定本さんの暗算のほうが速かった。

「読書感想文は、最低三枚でしょ？　二十五枚は、わたしは多く感じるなぁ」

「読書感想文と小説は違う。別物。天と地。月と鼈《すっぽん》。小説なら、文庫本一冊でだいたい十万字くらいあるし、長編だと二十万字とかもザラだし、それが普通だし、二十五枚は紙切れみたいなものじゃん」

「改めて聞くと、すごい量だね。読みながら忘れちゃわない？　最初のほうとか」

「忘れてたら読めないし、面白い小説っていうのはさ、読まされるっていうか、引っ張られるっていうか、ぐいぐい引き込まれるものだから、文字数とか関係ないよ。内容も自然と憶える。

構成と文章とキャラクターに魔法がかかってるんだよ。『走れメロス』もそれだから、読み始めたら止まらないと思う。そもそも『走れメロス』で中断できるシーンとかないし、あれは太宰の実力が唸《うな》る作品だからね。うん」

「そうなんだ」

「そうだよ」

「明戸さんは、いろいろ考えながら本を読んでるんだね」

「当然でしょ」

すごいね、と言った定本さんは、参考書の問題をノートに解き始めた。シャーペンは迷わない。図形の公式を使いこなしている。

話が、変な終わり方をした気がする。いまの会話、絶対に下手だった。却って読書への忌避感を強めてしまったかもしれない。でもこの場合、挽回を試みると失敗することを、あたしは経験から学んでいる。諸々呑み込んで教科書をめくった。

定本さんが、顔を上げた気配がした。あたしも顔を上げると、定本さんと目が合った。

「やっぱり本を読んでる人は、かっこいいね。話を聞くの、楽しいよ」

頬を緩めた定本さんは、視線をノートに戻した。再びシャーペンが動き出す。

あたしは口をもごもごさせる。どう返せばいいのかわからない。

「え、その、定本さんは、『走れメロス』に、定本さんの走る理由が書かれてるって、思ってるの？」

「わからない。書いてあったらいいな、って思ってる。でも、教科書に載ってる作品で、有名な人が書いてて、実力が唸るなら、きっと書かれてるんじゃないかなって思う。楽しみだな。授業で読むのとは、また違うんだろうな」

小説は万能でしょ、と言われて、そうだね、と返し、あたしはノートを見る。頬杖をついて、口元を隠して。

読書に夢中になって叱られていた子どもの頃の自分が、くすくす笑っている。本がないと息苦しかっただけなのに、いつの間にか、読書がアイデンティティに食い込んでいる。あたしのことを褒められても困惑するのに、小説を褒められると嬉しくなる。

決めた。ファンタジックな世界を舞台にして、主人公が走る話にしよう。それでいて、定本さんの走る理由になるような小説を目指そう。『走れメロス』に対抗してやるのだ。モデルのいる小説が、ハッピーエンドで終わって、モデルになった人物を救う。あたしの書いた小説が、定本さんの人生という物語の転換点になる。最高の還元ってやつだ。

期末テスト直前の、水曜日の放課後。司書室のドアが開いて、あたしは慌ててノートパソコンを閉じた。

「またやってるの?」

顔を覗かせたのは定本さんではなく、段ボール箱を抱えた蓼科先生だった。先生は片手でドアを閉めた。

「試験勉強、してる？」

「これは、呼吸みたいなものなので」

あたしはノートパソコンを開いた。タブレットならいざ知らず、学校に自前のパソコンを持ってきている生徒なんて、パソコン部か、動画編集に凝っているやつか、あたしくらいだろう。先生は段ボール箱を丸テーブルの上に置いた。蓋を開けて、中身を取り出していく。ブックエンドとか、シールとか、細々とした備品だ。

「いまは、何を書いてるの？」

「新作です」

「どんなお話？」

「元気になる話」

蓼科先生は、あたしが小説を書いていることを知っている。でも読んでもらったことはない。先生の好きな作家が、吉本ばなな、宮沢賢治、金子みすゞで、あたしの作風はおそらく先生の肌に合わないからだ。

定本さんは、蓼科先生と知り合いであるあたしのことを、「いいな」と言った。蓼科先生はいつも機嫌が良くて悪人ではないけど、あたしからすれば、いささか頼りなくて遠い。

「明戸さん、進路希望調査、出してないでしょ。渡辺《わたなべ》先生が困ってたよ」

備品を棚に仕舞いながら言われて、あたしはケッと思う。渡辺先生は担任だ。英語の先生で、蓼科先生と仲がいい。年齢は一回りくらい違うけど、同性で、ともに文系科目の担当だからだろう。

「困るも何も、進路希望調査って、一学期は自由提出でしょ。進路を絞るのは二学期に入ってからって聞きましたよ」

「でもみんな出しますよ」

「暗黙の了解を強要するの、良くないと思います。ルールは公平にアナウンスしないと、ルールじゃない」

「そうだけど、進学するんでしょ？」

あたしは黙る。

「しないの？」

蓼科先生があたしを見る。あたしは「決めてないです」と返す。

「大学に行く意味って、なんですか？　単位の取得に躍起になって、深夜まで飲み屋街で騒いで、バイト三昧で勉強も趣味もできなくて、何が楽しいんですか？」

「先生は楽しかったよ。新しい環境で独り暮らしをして、たくさん交友関係を持って、空いた時間で学問に没頭して」

「それ、先生の人生でどういう意味を持ってるんですか？　役に立ってますか？」

「先生になるためには、大学進学が必要だったからなぁ」

「じゃあ、なりたい職業に進学が必要なかったら、行かなくてもいいじゃないですか。だいたい小説家に進学って必要ですか？　就職しなくちゃだめですか？　みんな当たり前のように、どこかに所属しようとして、受け入れてもらえるよう足掻《あが》いてる。でもあたしは自己アピールとかめんどくさいし、柄じゃない。先生は、どうやって教員試験に受かったんですか？　面接とか、めんどくさくなかったんですか？　めんどくさかったでしょ？」

先生は「うーん」と天井を仰ぎ、緩い声音で話し始めた。

「先生は中学生のとき、学校が嫌いで、一時期、保健室登校をしてたんです。クラスに馴染めなくて。そうしたら、担任の先生が本を貸してくれた。教室には行けなくても、小説を開けば別世界に行けるよ、って。そこから海外の児童書が大好きになって、読書家の友だちができて、教室に行けるようになりました。いまの自分があるのは、あの担任の先生と、小説のおかげ。だから自分も先生になりました」

「小説家じゃなくて？」

「生徒と関わっていくほうが、向いていたから。それに、学校が苦手な生徒がいる以上、学校が苦手だった先生も必要だと思ったんです」

先生は段ボール箱を畳み始めた。あたしは会話を続ける。

「動機にストーリーがあると、面接でもウケが良かったでしょ」

「そうかもね。でも、動機がなくたっていいんです。進学でも、就職でも、やってみないとわからない」

「そのどっちにも、動機が求められますけどね」

「明戸さんは弁達者だね」

「屁理屈をこねるのがうまいだけですよ」

「ふふ、似たようなものかもね。暇があれば出してくださいね、進路希望」

言い残し、先生は司書室を出て行った。先生の動機は共感できるけど、そこで教師を選ぶあたり、やっぱり遠い人だ。

あたしはパソコンの画面に並んだ文字たちを眺め、データを保存した。今日は切り上げよう。さっきから、書いては消し、書いては消し、を繰り返して、無駄な足踏みをしていた。集中力はとっくに切れている。

ノートパソコンを鞄に仕舞ったところで、ガラ、とドアが開いた。

蓼科先生だった。

「明戸さん」

「はい。なんですか、忘れ物？」

「先生はね、意味になると思ってるんですよ」

先生の、くりりとした目が細められる。

「意味があるからやるんじゃなくて、いつか意味になると思って、いろいろやってるんです。いつか芽吹くと信じて、無作為に種を蒔《ま》き続けてる。たとえ明日、世界が終わろうとも、先生はリンゴの木を植えるんです」

「ルター？」

「種を蒔かないことには、希望も可能性も芽吹かないでしょう？　明戸さんも、そうやって小説のネタを探してるんじゃないですか？　役に立つかどうかわからないけど、いつか芽吹くかもと思って、いろいろインプットしてるのでは？」

じゃあ勉強頑張って、と改めてドアが閉まり、あたしは少し考える。

職員室に鍵を返して、靴を履き替えて、日傘を差して、予定を変更して、グラウンドに向かった。

細長いトラックを、体操服姿の陸上部員が走っていた。陸上部は大会がどうとか選抜がどうとかで、定期テスト前なのに部活動をしている。あのなかに定本さんはいない。トラックの端でタイムを計測している面子《メンツ》にも、いない。今日は塾があるらしい。

赤レンガの花壇に腰かけて、グラウンドを眺める。同じトラックをぐるぐる回る集団を観察する。

走っている。同じところを、ずっと、ぐるぐる、ぐるぐる、復習みたいに、迷っているみたいに。

あたしは勉強が嫌いだ。それを押し付けてくる先生も嫌い。受験勉強なんかやりたくない。就活もやりたくない。でも、座学はどうにか対処している。授業を受けて課題をやって基礎だけ叩き込んでおけば、成績は最低ラインを保持できるし、国語は勉強しなくても平均点以上だし、古典や歴史、公民とかも、雰囲気で赤点を回避できる。英語だって、長文読解で点を稼げばどうにかなる。あたしが本気で逃げ出したいのは、運動だ。放課後に跳び箱や鉄棒を強いられる地獄を、あたしは知っている。先生に見守られながら、夕暮れの体育館や運動場でひとり失敗し続けるのは、本当に惨めだ。特にマラソン大会なんか、最悪の行事だ。小中高と毎年体験してきたけど、存在理由が意味不明。あたしはいつも最下位で、ひとり歩いて、後ろから来た先生に励まされる。友情と自尊心を破壊するスポーツ。

この学校では、三月頭の学年末テスト終了後に、一年生と二年生がマラソン大会に強制参加させられて、寒空の下を走らされる。本当に馬鹿馬鹿しい。走ると苦しいじゃん。誰だって同じ。正月にやっている駅伝だって、オリンピックだって、走っている人たちはみんな苦しそうだ。走り終わったあともアスファルトに倒れ込んでいる。そこまでして走ることに、何の意味があるのだろう。何を理由に走るのだろう。結果を出すため？　陸上で認められるため？　走ることが好きだから？　苦しいのに？　マゾヒストなの？

「わっかんないな……」

あたしはたぶん、走り続けてきた定本さんの気持ちがわからない。スポーツの良さもわからない。でも、いまの定本さんの気持ちなら、想像できる。彼女は怪我をして、グラウンドを外から眺めて、トラックをぐるぐる回る仲間を見つめて、きっと我に返ったのだ。何をやっていたんだろう、自分は、って。

ならきっと、ぐるぐるしない話のほうがいい。まっすぐ走る話。

飛脚の話は、どうだろう。定本さんをモデルにした小説にぴったりじゃないか？

主人公は郵便屋だ。舞台は、転送魔法で物資をやりとりしているファンタジーの世界。ある日、魔法障害が起こって、世界は大混乱に陥る。郵便屋の主人公は、どうしてもその日のうちに届けなければいけない荷物を抱えて、走り出す。これなら前向きな話だし、エンタメ要素もあるし、主人公を応援したくなる。走る目的が明確なら、走る理由も描ける。最後は荷物が届けば丸く収まるから、ハッピーエンド間違いなしだ。

思い立ったが吉日。今日から書き始めよう。毎日書けば、夏休みの間には完成するはず。次こそ大丈夫。きっと、うまくいく。——夏休みの間か。とんとん拍子に執筆が終われば、九月末が締め切りの地方文学賞に応募できるかもしれない。ちょっと気になってたやつ。ますますこうしちゃいられない。鞄を摑んで家路を急ぐ。

『アトガキ』のドアを開けると、織合さんが「いらっしゃ」まで言って、「おかえり」と言い直した。その正面のカウンター席に、知った顔が座っていた。短い黒髪にやせぎすの小柄な体型。そいつは「よ」と小さく手を挙げた。

「忙《せわ》しないね、相変わらず」

「うげ」

織合さんの弟だ。名前は恭一郎《きょういちろう》。昨年度末で高校を中退した、元同級生。クラスは別。最重要プライバシー事項であるあたしが小説を執筆していることを、廊下ですれ違いざまに発言した、配慮とデリカシーをどこかに落としてきたお調子者。最近来なかったから、存在を忘れていた。

「なんでいるの?」

「客がカフェに来ちゃ悪い?」

恭一郎の前には、コーヒーカップとテキストが置かれていた。

「勉強してんの?」

「高卒認定のね。どう? 執筆は順調?」

「来るな。出禁になれ。自主的になれ」

「高校生活という青い春を失った僕を、憩いの場からも追い出そうって? 小説は情けと容赦を教えてくれなかったの?」

「なんだこいつ……」

高一の三学期始め、つまり今年の年明け、司書室に行くと恭一郎がいた。初対面で「明戸さん? にいちゃんが世話になってるんだってね」と言い、困惑するあたしを笑った。異様に腹が立ったので、その日は一言も口を利かず司書室に居座ってやった。翌日も、翌週も、翌月も、無言で居続けた。何度話しかけられても無視した。音《ね》を上げたのは恭一郎だった。「度を越した気まずさです」と言い残し、去っていった。司書室領土争いは、あたしに軍配が上がった。

恭一郎はその後、『アトガキ』に顔を出して織合さんをからかい、学校の廊下で「あ、そういえば」とあたしの執筆を口にしたのち、今年の三月に退学した。もともと、授業の出席回数がギリギリで進級が危うかったらしい。

不可解な人間だ。定本さんとはまた違う、腹の底が読めないタイプ。できれば関わりたくない。今日、定本さんがいなくてよかった。こいつのことだ、「陸上辞めたの? 挫折?」とか、「怪我したの? どんな気持ち?」とか、あることないこと邪推して詰問していたに違いない。

「喧嘩するなら帰れ」

織合さんが言った。沈んだ声だった。

恭一郎は口角を上げたまま口を閉じた。ちらと兄を見遣ってから、「喧嘩しそうだね」と立ち上がった。ぱたぱたと荷物を片して、テーブルに代金を置いて、「じゃあね、にいちゃん、元気出して」と店を出て行った。

「元気ないの？」

あたしは恭一郎が座っていた席を避けて座った。織合さんが深い溜息を吐く。

「ないらしい。恭一郎曰く。悪いな、弟が」

「監督不行き届きだと思う。十一歳も離れてると、話とか合わないでしょ。大変そう」

「俺と類も十一歳離れてるぞ。何飲む？」

「アイスティー」

パソコンを取り出して、スリープを解除したあたしは気づく。織合さんの頬に、薄い線が入っている。爪で引っ搔いてできた傷に見えた。

「それ、いつもの仲裁？」

「そう」

グラスに氷を入れていた織合さんは、右手の人差し指で傷をなぞった。

「あいつ、俺らがギスギスするとこれだから」

同棲している恋人と喧嘩して、飼っているネコに仲裁ついでに引っ掛かれたかパンチされたのだ。しょっちゅうやっている。

「平和主義なネコだよね。飼い主も見習うべき」

「平和か？　パンチで仲裁だぞ」

「無視されるより愛があるよ」

「暴力に訴えられてもな」

しかし、あたしは断然ネコの味方だ。喧嘩は両成敗。それから仲直り。お互い頭を下げて相互理解に努め、雨降って地固まる。それが不可能なら、速やかに離れるべきなのだ。

「どうせ仲直りするくせに、くっついたり離れたり、まどろっこしいなぁ。とっととパートナーシップ結べばいいのに。結婚式も挙げなよ。あたし、喜んで行くよ」

結婚式ね、と織合さんは繰り返した。そしてカウンターにアイスティーを置いた。

「考えておく」

あたしは一口飲んで、ストローを回した。氷がカランと鳴った。喉を潤し、さっき思いついたアイデアを忘れないよう、早速執筆を開始する。

3

一学期の終業式、わたしは日直だったので、黒板を綺麗にして、冷房と電気を消して、戸締りをして、すでに熱のこもり始めた教室を出た。

生徒玄関で、佳穂《かほ》と鉢合わせた。

さっぱりとしたショートカットに、血色のいい小顔。わたしより少しだけ低い背丈。陸上部の長距離選手で、クラスは隣のEだ。高校からの部活仲間で、タイムを計測し合ったり、フォームを相談し合ったりする仲。

これから部活だろう、佳穂はシューズケースを提げていた。

「風香。故障はどんな感じ?」

「治ってきてるよ」

「最近何してるの? リハビリ?」

「読書」

「ドクショ?」

数秒遅れて、ああ、と佳穂が言う。「風香が? 天変地異じゃん。何を読んでるの?」

「『走れメロス』」

「中学でやったやつだ。どういう風の吹き回し? 受験対策?」

先日、地理の先生が「受験対策の基礎は読書だ」と言っていた。「読解力と速読が身に付けば、問題を解く時間が増える。何でもいいから本を読め」とスポーツ科に説いたところで、読む人はすでに読んでいるし、読まない人は読まない。

「本から学べることもあるかな、って思って」

「ほー、映画の途中で寝落ちするあの風香が。どこまで読んだの？」

「主人公が怒ったところ」

「冒頭のところ」

「そんなシーンあった？」

「全然じゃん。ゆっくりだなぁ。読み終わったら、感想聞かせてね」

「もちろん」

去年の春。陸上部入部直後の合宿の移動中、送迎バスにＤＶＤプレーヤーが付いていたので、映画を見ることになった。世界的に有名な洋画で、わたしも名前くらいは聞いたことがあった。でも序盤から寝てしまった。たまたま隣の席に座っていた佳穂は、「『ハリー・ポッター』で寝る人いるんだ」と、驚きを通り越して感心したらしい。現地に到着したとき、わたしを起こして、友だちの顔で「よろしく」と言った。

佳穂はわたしより、物語に親しんでいる。好きな俳優が数人いて、その人たちが出演しているドラマとか映画を見て、かっこよかったとかかわいかったとか、面白かったとか聞かせてくれる。この前は、好きな俳優のひとりについて、「現代演劇に挑戦するんだって。有名な監督の作品」と話してくれた。「それ自体はめでたいことだけどね」と佳穂は、複雑な味のするアイスクリームを食べたときの表情で、「今回はチケット見送ろうかな」と続けた。「難しいものとか、すごいものを見たいわけじゃないんだよなぁ」って。

「風香は、夏休みの間は部活来るの？」

「どうしようかな」

「えー、おいでよ。手伝いならできるでしょ。風香がいないと、張り合いなくてつまんないよ。今年は誰もインターハイに行かないしさ」

ポンポンとわたしの腕を叩いて、「じゃ」と佳穂は去っていく。セミの鳴く炎天下をグラウンドへ駆けていく佳穂の背中に、わたしは目を細める。白い制服が眩しい。照り返しのなかに消えていきそう。

『アトガキ』は今日も空いていた。カウンターの内側に座っていた織合さんは「いらっしゃい」と、読んでいた文庫本を置いて立ち上がった。「カフェラテでいい？」

「アイスでお願いします」

店内は冷房が効いていた。火照《ほて》った身体から、ゆっくりと熱が引いていく。ここに通い始めて、そろそろ一か月だ。

織合さんは、普段はSEをしているらしい。リモートワークが主体らしく、「完全フレックス。ほとんどブアイセイ」と言っていた。水木金はお昼から『アトガキ』にいて、みえこさんが帰ってくるまで店番をして、夕方から地下室で作業をしている。「平日は全然お客さん来ないから、給料泥棒だよ、あの人」と明戸さんが言っていた。

その明戸さんは奥の小さなテーブルを陣取って、黙々とパソコンを打っている。今日は補習がなかったみたいだ。わたしはハンカチで汗を拭って、明戸さんの正面に座った。すっかり定位置だ。

「どうぞ」とアイスカフェラテがテーブルに置かれた。「ありがとうございます」と会釈してから、通学鞄を床のカゴに入れ、『走れメロス』を取り出した。開いて、ヒモのしおりを外に垂らして、ふう、と肩の力を抜く。

メロスは激怒した。

一行目を読んでから、どこまで読んだかな、と文字を目で追う。メロスがどんな人か書いてあって、今日、街に来たことが書いてあって、またメロスの話になって……前回は、ここらへんで読むのをやめてしまった。内容を憶えていないので、また頭から読み返すことにする。

それにしても今日は暑い。あ、教室の冷房って消したかな。電気と一緒に消したはずだ。万が一消し忘れていても、先生が点検に回るはずだから、大丈夫か。

えっと。上がっていた視線を文庫本に戻して、文字を指先で追う。

メロスには両親がいない。女房もいない。女房は古い言葉で妻のことだから、パートナーもいないってことだ。でも妹がいる。家族は兄妹だけの二人暮らし。十六歳の妹がいるってことは、メロスは何歳かな。二十歳くらい？　わたしより年上？　いつから二人暮らしなんだろう。牧人って職業だから、メロスは働いている。つまり兄ひとりで妹を養っている。すごいなぁ。

わたしは一人っ子だけど、もし妹がいたら、ふたりで生きていけるだろうか。無理かもしれない。いとこは仲良し四人姉妹だから、わたしよりは生きていけるだろうけど……親がいなくなったら、それはそれで困っちゃうだろうな。

目線を文庫本に戻す。どこまで読んだかな。ここだ。その妹が結婚するらしい。十六歳で結婚。早い。わたしは四月生まれで、いま十七歳だから、わたしがこの妹なら、去年に結婚していることになる。三番目のいとこが十六歳だ。明るくて面白い子。寝坊してばかりで、「結婚願望？　ゼロ、ゼロ」と言っていた。

カフェラテを一口飲んだ。美味しい。

気を取り直して、続きを読む。結婚式の準備の買い物で、メロスは市にやってきた。わざわざ十里も離れたところまで。十里ってどれくらいだろう。里って、昔の距離の単位だよね。歴史の授業でやった気がする。スマホで検索をかけると、一里は四キロと出てきた。つまり、村から街まで四十キロ。フルマラソンの距離に近い。でも車なら一時間もかからない。結婚式の準備って、花嫁の兄がするんだ。ひとりで全部やるなんて、大変だ。頼れる人がいなかったのかな。わたしなら、いちばん上のいとこに頼むかも。社会人だし、車の運転できるし。メロスもいとこに頼ればいいのに。車で市まで行って、買い物すれば……。

冷房が涼しくて、眠たくなってきた。

えーっと、それで、いとこの結婚式があって……あれ？

タイピングの音が止まった。明戸さんと目が合う。

「なんか、停止してない？」明戸さんは鋭い。「わかんないところでもあった？」

「話がつながらない、かも」

「どこが？」

ページを見せて指で示すと、困惑された。「わからない要素、ある？」

「メロスのいとこのところ」

「いとこ？　十六の内気な妹じゃなくて？」

「あっ、そっか」

「どんな勘違い？」

「それから、ここの〝未明〟って、朝の早い時間だよね？　村から街まで車で一時間として、まだお店は開いてなさそうだけど、買い物できたの？」

「徒歩だよ。村から歩いてシラクスまで行ったの」

「え、うそ」

「書いてるでしょ」明戸さんは眉をひそめて身を乗り出した。文庫本の冒頭を逆さのまま読んで、「あ、ん？」と言う。「書いてないな。あれ？」

「てっきり車で行ったのかなって。荷物が多そうだから」

「いや、車はあっても荷車か、牛車か馬車だと思う。これって昔の話だし」

「そうなの？　それ、どこに書いてる？」

「え？　ええっと……」もう一度逆さから冒頭を読んで、明戸さんはもごもごと言った。「王って書いてあるから、王国の話だってわかる。王国がメジャー、つまり昔」

王。そんな言葉、書いてあったっけ。読み直すと、たしかにあった。〝かの邪知暴虐の王を〟って。でもこの王様は、物語に登場していない。現代でも王国や王室はあるし、そもそもなぜメロスが怒ったのか、説明されていない。だから忘れていた。

「ここ、メロスは王様に怒るような性格ですよ、ってことだよね？」

「そう、実際に怒ってる」

「王様に？　街に来る前に？」

「来てから」

「来てから……？」

「読み進めたらわかるよ。とにかく『走れメロス』は、王政の時代の物語で、紀元前とかだと思う。場所は海外の、たぶんギリシャ。セリヌンティウスって名前がそれっぽい。ゼウスも出てくるし」

「セリ、誰……？」

「読み進めたら出てくる。ちなみにゼウスは、ギリシャ神話の最高位の神様のこと」

「馬車があったんでしょ？　どうして四十キロも歩いたの？　荷物もあるのに」

「あー、そうだね。でも馬が使えちゃうと、後々ね。あと作中に馬車は出てこない」

とにかく読み進めて、と言われて、わたしは読書に戻った。

王様が出てくる前に、おじいさんが出てきたあたりで、『アトガキ』のドアベルが鳴った。

お客さんだ。顔を上げたわたしは、入ってきた人と目が合った。細身に短い黒髪の、同い年くらいの陽気そうな男子だった。

「どうも」と、その人が言った。明戸さんがバッと顔を上げて、「げえ!」と言う。「最悪。何しに来たの?」

「勉強」

「ここはたまり場じゃないんだけど」

「にいちゃんの様子を見に来たついで。そっちだって不法占拠してるじゃん」

「あたし住人、あんた部外者」

「僕はお客様として、ちゃんと料金を払うもんね」その人はカウンター席に腰かけた。「にいちゃん、アイスコーヒー。ミルクもよろしく」

はあ、と織合さんが溜息を吐いて、わたしと目を合わせた。「俺の弟です。恭一郎。性格はうるさい」

「それ性格じゃないし、まだうるさくないよ」

「これからうるさくなるんだろ」

「失礼な。僕はやればできる天邪鬼《あまのじゃく》だからね、うるさくならないようにうるさくします」

「うるさ」明戸さんがノートパソコンを閉じた。

弟なのに恭一郎なんだ、と思ったとき、その人がわたしを見て、「次男なのに恭一郎なんだよ」と満面の笑みで言った。「変でしょ? 恭一郎って、にいちゃんの名前の候補だったんだって。響きが良いから流用したの。次男でも一番になっていいよね、って」

「そうなんだ」

「こいつの対応は生返事でいいよ」と明戸さん。「何も考えてないから」

「考えてるよ！　言っちゃだめなことと言ってもいいことを主に。でも僕が高校を退学したことは誰でも言っていいからね。著作権フリーだから」

織合さんがさっきより深い溜息を吐く。「他のお客さんが来たら帰れよ」

「善処するよ。でもこの店が繁盛するのって、土日祝でしょ。ほとんど週末営業だよね。平日に閑古鳥の鳴いてるお店って、一週間で儲けのバランスが取れてるんだ。天秤《てんびん》がギリギリのところで釣り合ってるの。経営破綻しない謎の正体その一だよね。ところできみは誰？」

流れるようなお喋りに感心しながら、わたしは自己紹介をする。明戸さんの友だちで、最近週二で来店していると伝えると、恭一郎さんは「あ！」と目を大きくした。「定本風香さん！聞いたことあるよ。陸上の人でしょ。全校集会で表彰されてたよね。へえ、明戸さんの友だちかぁ。帰宅部の陰気な本の虫と、運動部の有名人。真反対だね」

「他人の交友関係に文句つけるな、性格うるさい」明戸さんの鋭い文句が飛ぶ。「廊下であたしが執筆してることを叫んだの、一生忘れないからな」

「叫んでないよ。誇張しないで。声をかけて応援しただけじゃん」

「善意の押し付けやめろ」

「ごめんね、僕ったら気が利かなくて。あ、僕のことは恭一郎くんって呼んでね。この名前、気に入ってるんだ」

ここで会ったが百年目ってことで、と言われて、わたしは会釈する。挨拶の意味はわからないけど、悪い人ではなさそうだ。


佳穂が誘ってくれたから、部活にも顔を出すようになった。夏休み中は週三で朝から高校に行く。練習中は、テントの下で部員のタイムを計ったり水の準備をしたり。座っているだけで汗が垂れてくる。でも応援も悪くない。休憩中や部活後には、横田先生と秋からの練習メニューを考えたり、今後の大会のエントリーを相談したりした。だいたい午前練で終わるから、家でシャワーを浴びて、お昼を食べて、『アトガキ』に向かう。そこで『走れメロス』を読み進める。何度も引っ掛かって、途中で眠たくなって、明戸さんに質問して、ぼんやりする時間を挟みながら。

『アトガキ』での読書は、にぎやかで楽しい。独りじゃないから、続けていられる。それに、夏休みの選択課題の読書感想文を『走れメロス』で書くことにしたから、何が何でも読了しないと。

「えっ」とわたしが顔を上げると、明戸さんと目が合った。『アトガキ』の店内には、恭一郎くんと、柊木さんという常連さんもいた。柊木さんはカウンター席で織合さんとお喋りしていたけど、わたしの声に振り向いていた。

「あ、あの、メロスが友だちを、人質に」

ああ、とわたし以外の四人が頷いた。

「友情と信頼に胸が熱くなるシーンね」と柊木さん。「竹馬の友のために、無言で頷くセリヌンティウス！」

「胸が熱く……？」

メロスは王様に、セリヌンティウスを、「自分が帰ってこなかったら絞め殺してください」と言っている。もし自分が、自分の知らないところで、勝手に命を賭けられたら。急に呼び出されて、そのまま拘束されて、死ぬかもしれないなんて、困る。「メロスはどうしてこんなことを……」

「証明したかったんだよ」恭一郎くんが、隣のテーブル席から仰《の》け反《ぞ》って言った。「他人を信じることができない王様に、見せつけてやろうとしたんだ。誰かを信じることの美しさを、自分とセリヌンティウスの友情を以て。王様を納得させるために、メロスは命を捨てる覚悟なのさ。自業自得の考えなしの向こう見ずってやつ」

「そうだ、大義のために死ぬのは馬鹿げてる。自己犠牲はクソ」明戸さんが言ってから、じろりと恭一郎くんを睨む。「でも、メロスの性格を否定したら話が進まないでしょ。〝邪悪に人一倍に敏感〟が前提なんだから。メロスは暴君に激怒して、王宮に乗り込んで、問い詰めて、正義や信頼を命より優先する。その性格を受け入れるところから、読書は始まってる。設定を否定するのと、構成を否定するのは、次元が違う」

「おお、小説家志望さまの講釈は勉強になります。ちなみに僕の説明は、中学の先生が言ってたやつの引用ね」

「自分で考えて喋れ。他人の言葉で生きるな。誰かの複製品になるな」

「明戸さんは大袈裟だねぇ」

「そういえば……」織合さんが言った。「マラソンの発祥は、紀元前のギリシャとペルシャの戦いにあるらしい」

へえ、と恭一郎くん。「知らなかった」

「紀元前四九〇年頃の戦争で、ギリシャ軍がペルシャ軍を打ち破った。その報告のために、伝令係がアテネまで四十キロを走って戻り、自軍の勝利を伝えて息絶えた。そこからマラソンという競技が生まれた」

「珍しいね。にいちゃん、世界史とか嫌いなのに。憶えてたの？」

「調べたんだよ。ネットの知識」

「『走れメロス』って、そこから着想を得たのかな」と明戸さん。「約四十キロ走ってるし、これってあれだよね、フルマラソンの距離に近い」

「いやいや、マラソンとは別よ」と柊木さん。「末尾に〝古伝説と、シルレルの詩から。〟って書いてあるでしょ。古伝説は、ギリシャの伝説『ダモンとピンティアス』、シルレルの詩は、ドイツのシラーって詩人が書いた『Die Bürgschaft』のこと。『走れメロス』は、それをもとに書かれた作品」

「詳しい！」と恭一郎くん。「すごい。なんで？」

「調べたことがあるのよ。『走れメロス』を読んで、なんのことだろうと思ってね」
明戸さんがスマホの画面をスクロールして、「うわ、結構そのままだ」と言った。「ほら」と
わたしに見せてくれたサイトには、『シルレルの詩』とその和訳が載っている。
「『走れメロス』って、太宰の完全オリジナルじゃないんだ」と明戸さん。
「知らないで褒めてたの?」恭一郎くんがまた仰け反った。「反知性主義?」
「違う。太宰の表現力が一級品だから褒めてたの。古い詩を小説に、しかも教科書に載るよう
な名作に仕上げたんだから、充分すごいって」
「言い訳がましいなぁ。無知を恥じなくてもいいのに。ソクラテスが泣くよ?」
「黙れ。おまえはいつも一言余計だ」
「うーん、反論できない」
わたしは『走れメロス』の文庫本をパラパラとめくる。ここに描かれた物語がオリジナルで
もコピーでも、どっちでもいいな。わたしはすごいものが読みたいんじゃない。メロスが走っ
た理由を知りたい。
恭一郎くんは、メロスは証明するために走ったと言った。もしわたしがメロスなら、乱暴な
王様を納得させるために、親友を人質にして、街を去って、死ぬために街へ戻れるかな。戻り
たくないな。死にたくないな。人は誰だって、生きたいと思うものじゃないのかな。メロスだ
って、妹がいるのに、本当に死んでもいいと思っているのかな。
メロスには、何かを証明したり、王様を納得させたりするためじゃない、もっと深い理由が

あるのかもしれない。それがこれから描かれるのかも。命や時間を懸けて物事に取り組むときの動機って、もっと前向きで強いものだと思うから。


午前中の容赦ない陽射しが、乾いたグラウンドを照り付けている。部員がトラックを走っている。わたしはミニファンを顔に当てながら、テントの下でメンバーのタイムを計測している。隣には横田先生がいる。

「いやー暑い」と先生。「これでまだ午前中か。応えるなぁ」

「ですねぇ」今日も三十五度を超えるらしい。ミニファンの風はずっとぬるい。

スタートラインを佳穂が横切っていく。わたしはストップウォッチのボタンを押して、ラップを手元のバインダーに書き込む。あと二周だ。その向こうで、砲丸投げの選手が練習をしている。ふと疑問に思った。

「横田先生って、砲丸投げをされてたんですよね？」

先生は頷いた。「最初は短距離をしたかったんだけどな」

どうして砲丸投げを選んだのか尋ねようとしていたわたしは、驚く。「故障とかですか？」

「いや、短距離をしようと思って陸上部に入ったら、砲丸投げをしていた先生が顧問で、選手を育ててみたいからって勝手に大会にエントリーされた」

「勝手に」

「時代だよなぁ。いまじゃ考えられないだろ。もちろん、最初は乗り気じゃなかったよ。でも実際に投げてみると、楽しかった。思ったより飛ばないところが。飛距離が簡単に伸びない分、工夫するのが楽しかった」

「じゃあ、先生が砲丸投げを始めたきっかけは、勝手に大会にエントリーされたことで、続けた理由は、試行錯誤が楽しかったから？」

「そうだ。そのあと大学まで続けた。先生になりたかったから、辞めたけどな。なんだ、進路の悩みか？」

「んー……。そんなところです」

「スポーツ科じゃなくて、教育学部を志望してるのか？　体育専攻で探してみようか？　復帰して調子も戻れば、定本なら推薦を使えるぞ」

長距離の集団が、またスタート地点に戻ってきた。先頭は変わらず佳穂だ。あと一周。

いいぞ、と通り過ぎる集団に声をかけた横田先生が、わたしを見る。「悩みがあるなら、いつでも言ってくれよ」

走り出す理由がなくて困っています、って悩みは、たぶん、横田先生の想定を飛び越えているから、ちょっと言いにくい。「砲丸投げを辞めるとき、どう思いました？」

「何も思わなかったよ。教員採用試験で忙しかったから、浸る余裕もなかった。でもな、先生になってからボウリングに行って、球を持って、懐かしくなった。同時に、すごく重いなぁと思った。それで、はっとしたよ。先生はもう、砲丸投げの選手じゃないんだって」

「辞めたこと、後悔してますか？」

「いいや。先生は、先生をするのがとっても楽しい。何かを辞めたって、別の楽しさは続いていく」

ニカリ、と笑った先生は、テントの下なのに、太陽みたいに見えた。

集団が帰ってきた。わたしはストップウォッチを止めて、タイムを書き込んだ。

部員が各々ストレッチをしたり、水分補給をしたりと、休憩を挟む。佳穂がテーブルの上のタオルと水筒を手に取って、わたしの隣に来て、折り畳み椅子に腰かけた。

「暑い！　暴力的な暑さ。もう夏っていうか、熱。窯《かま》」文句を言いながら、汗を拭いている。

「ソフトボール部、午後練だってさ。絶対中止にしたほうがいいよ。溶けるって」

わたしはバインダーを閉じてテーブルに置いた。「佳穂は、どうして陸上を続けてるの？」

「ええ、突然？」首の後ろを拭っていたタオルが止まる。そこから「んー」とか「あー」とか奇妙な間が空いた。

「言いたくなかったら、言わなくていいよ」

「あ、ごめん、違う」

佳穂はタオルを腿の上に置いてわたしを見上げて、「風香のおかげ」と言った。「風香はいつも、あたしの前を走ってるでしょ。その背中に追いつきたくて、頑張るんだ。一方的な目標。恥ずかしいから、言ってこなかった」

そうなんだ、と返したわたしは、続きの言葉を探したけど、何も出てこなかった。わたしも照れくさい。

佳穂が「あ！」と目を丸くする。「もしかして、陸上を始めたきっかけのことだった？　だったら余計に恥ずかしいな。さっきの忘れて」

「忘れないよ。でも、そっちも気になる。佳穂はもともとバスケをしてたんだよね？」

「そうそう。陸上に鞍替《くらが》えした。小学四年生のとき、シャトルランのせいで」

シャトルラン。体育館の端から端まで、音に合わせて走るやつだ。体育の体力測定でやった。

「みんなが脱落していくなかで、あたしは残り続けて、最後の一人になっても走り続けた。でも先生が音を止めて、給食があるから切り上げた。悔しかったな。まだまだ走れたのに！　って。あたしの原動力は、そこ。対抗心。だから風香と競うのは楽しいよ」

「じゃあ、佳穂が走る理由は、〝まだ走れます〟だね」

「そうだね。自分の限界に挑戦したくて、走ってるのもあるよ。自分に期待してるんだ。まだまだやれることを証明したい。ちょっと子どもっぽいかも」と言いながらも佳穂は嬉しそうだったけど、あとからじわじわ来たみたいで、「うー、恥ずかしい」と分厚いタオルで顔を隠してしまった。「さっきのシャトルランの話はね、受験の面接で使ったんだ。始まりをはっきり自覚してるのが、自慢ポイント。いつでも初心に立ち返れます、の一点張りで熱意をアピールしたわけです。変な戦略でしょ。推薦入試にしか活かせないよ」照れを誤魔化している口調だ。

「で、風香は？　どうして陸上を続けてるの？」

「いま、理由を探してるところ」

「どういうこと？」佳穂が顔からタオルを離す。

わたしは佳穂の隣の椅子に座る。「療養で陸上から距離を取って初めて、いままでなんとなく走ってきたなぁって気づいて、わたしの走る理由ってなんだろうって悩んでる」

「楽しいから、とかでいいんじゃないの？」

「高校入試はそれだったけど、もっとしっかりした理由がほしいんだ。受験で推薦を使うなら、面接があるでしょ。大学の入試は甘くないだろうし、そこで、なぜ陸上を？　とか、あなたにとって陸上とは？　って訊かれて、ふわふわした理由を答えるわけにはいかない……っていうのは、しっくりきていない動機で」

「きてないのか」

「たぶん、はっきりさせておきたいんだと思う。自分の根っことというか、気持ちみたいな、言葉にしてこなかったことを、理解しておきたい」

「なるほど。言語化ってやつね。それは、故障が治るまでにすっきりしたいね。もやもやしたまま走るのも、つらいだろうし」

「佳穂はわたしのことを、先を走ってるって褒めてくれたけど、わたしには、佳穂のほうがずっと先を走ってるように見えるよ。始まりを自覚してるからいつでも初心に立ち返れるのって、すごくいいなって思う。一貫してて」

「正面から褒めてくれるなぁ」佳穂は目を細めた。「つまり風香は、真っ当な理由がほしいんだね。一本の筋がほしいんだ」

「筋……」わたしは唇を舐める。薄く汗の味がする。「佳穂は、わたしが陸上を辞めるとは思わないの？」

　佳穂はびっくりした顔のまま、固まった。辞める、と呟いてから、

「思わないよ。風香が走る理由を探してるのは、理由がないと困るからじゃない？　てことは、風香は、走りたいんだよ。走りたくないなら、故障した時点で辞めてるはず」

　風香の性格的にね、と補足されると、そんな気がしてきた。

　そうか。わたしがいま理由を探しているのは、もう一度走り出すためなのか。

　たとえば、明戸さんが執筆を呼吸に喩《たと》えていたように、わたしにとって、走ることが呼吸だとしたら。止められないものだとしたら。

　わたしが抱える悩みは、どうしてわたしは呼吸をするのか、ってことなのかも。

　ピピ、と笛が鳴る。練習再開の合図だ。佳穂はタオルを置いて立ち上がった。元気よく手を振る彼女を、わたしも元気よく見送る。種目ごとに分かれて練習を再開する部活メンバーを眺めながら、垂れてきた汗をタオルで拭う。

　練習後に、横田先生が大学のパンフレットを数冊くれた。入学制度のページを見ると、顧問の推薦から自己推薦まで、幅広い。

「定本は、一年のときインターハイに出場してるからな、陸上の成績は必要最低限ある。でも確実な推薦合格を目指すなら、来年度も頑張っておきたいところだな。学業成績の評定平均値は、概《おおむ》ね心配いらないだろう」

　九月の新人戦も、大事をとって出場を見送ることにした。

インターハイ辞退は、合格判定にどう影響するのだろう。逆境を武器にすればいいのかな。空白の期間をアピールポイントにする、とか。「療養期間に走り続ける理由を見つけました」って面接で言えたら、かっこいいかも。

体力を落とさないために、夕食後に家族でウォーキングをしている。ストレッチも欠かさない。学校の課題と勉強は、塾の自習室で進めた。部活後に『アトガキ』へ行くと、明戸さんは、決まって猫背でパソコンの画面とにらめっこしている。時折唸りながら、パチパチとキーボードを叩いて、執筆している。カウンターには大抵、織合さんがいた。恭一郎くんや柊木さん、他のお客さんは、いることもあればいないこともあった。ふらっと立ち寄っただけの人もいれば、ドアを開けて「みえこちゃん、いないの？」と残念そうに帰る常連さんもいた。みえこさんにはなかなか会えなかった。忙しいみたいだ。

夏休みも中盤に差し掛かった。膝は順調に回復していて、二学期が始まれば、わたしは走り出す予定になっている。その前に理由を見つけたい。そろそろ『走れメロス』を読み終わって、読書感想文も終わらせなくちゃ。『アトガキ』でアイスカフェラテを飲みながら、開いたページの文字を、ひとつずつ追いかけていく。

名誉のため、殺されるためだと自分に言い聞かせて、未練を断って走り出したメロスが、濁流の川を渡って、正義のためだと山賊と戦って、倒れた。疲労で歩けなくなってしまった。言い訳を並べて、友だちが死ぬ前提で話が進み始めた。

雲行きが怪しい。うーん。文庫本を閉じて、カフェラテを飲む。

メロスの心情が、どうもしっくりこない。未練があるなら、自分に素直になればいいのに。王様との対話だって、もっと穏便にできなかったのかな。名誉。正義。誠実。約束を守る。殺される。死ぬ。命より尊いもの。信頼。友情。それが走る理由。綺麗で、まっすぐで、正しいのかもしれないけど、わたしの日常とは、ずれている。

「恭一郎くんは、高校を退学したんだよね？」

後ろの席に声をかけると、「うん」と返答があった。「今年の三月いっぱいでね。普通科だったよ」

振り向くと、目が合う。恭一郎くんの目は、アーモンドに似ている。それが細められる。

「理由が気になる？」

「うん」

「ストレートだね。定本さんは遠慮がない」

「そう？」遠慮がないって、褒め言葉ではないような。「ごめん」

「あ、こっちこそごめん。責めたわけじゃなくて、いい意味で。遠慮はないけど配慮はあるから。それって、大事なことだと思うよ。僕にはない性質だからね」

「皆無だよ」わたしの前に座っている明戸さんが、顔を上げずに断言した。「歩く無礼講」

「酷いなあ！」にこにこ顔の恭一郎くんは、シャーペンをテーブルに置いた。身体を九十度回して、椅子に座り直す。

「僕って幼い頃から、嫌いとか、いらないとか、全部正直に言っちゃうタイプでね、いわゆる社会性がなくって、協調と建前と画一化を強要される学校は居心地が悪かったんだけど、義務教育は頑張ったよ。不登校になりながらもね」

小学校でも中学校でも、不登校の人は多い。クラスに空席が二、三あって、時々来たり、全然来なかったり。クラスの誰も、そこまで気に留めていなかった。でもママとパパが「増えたよね」と話題にしていて、昔はそうじゃなかったんだと驚いた。「〇〇さんのところは朝起きれないらしくて」「△△さんのところは、ご家庭が」「××さんはいじめで」と親伝手《おやづて》に聞いて、初めて知ったこともあった。

「あ」と恭一郎くん。「不登校だったことは隠してないからさ、気を遣わなくていいよ。学校に来れないと社会でやっていけないとかなんとか先生は言ってくるけど、」

「そんなこと言われるの？」

「言われるの。でも、学校に行かなかったくらいで、僕の価値は下がったりしないからね。現に毎日楽しく過ごしてる。こんな感じで。むしろ学校に通って無理してる自分のほうが、僕は嫌いだよ」

「じゃあ、なんで高校に進学してわざわざ苦しみに向かったんだ？」と明戸さん。

「流れかな。周囲に合わせておくべきかなって。いま思えば、子どもをコントロールしようとする大人の策略にまんまと引っ掛かってたな。登校初日に隣の席の人からSNSのアカウントを訊かれて、間違えたと思ったね。一日中クラスメイトとやりとりして、投稿で盛り上がって、内輪ノリで笑い合って、家にいるのに高校にいる感じが嫌だった。だからってSNSをやっていないと、静かに仲間外れにされる。クラス内の業務連絡のためにも、つながっておかなくちゃいけない。めんどくさい。人に合わせるのって、馬鹿らしいよ。一年頑張って、やっぱり違うなーって思って、辞めちゃった」

「勇退だった」明戸さんが鼻で笑った。「お望み通り、誰も恭一郎のことなんて憶えてないよ」

「それくらいがちょうどいいよ。みんなくっつきすぎ。……でも最近、学校っていう制度をうまく利用しておけばよかったなって後悔してるんだ」

「え、恭一郎に後悔って感情があったんだ」

「明戸さんこそ、歩く無礼講じゃないの?」恭一郎くんの口調は軽快だ。「学校って、受験対策のコスパいいでしょ。塾より安いし、先生は毎日職員室にいて、訊けば何でも教えてくれるし。だから、明戸さんみたいに行く回数を調整するか、通信制に変えて、のびのび授業を受けとけばよかったなーって。僕ね、いま、大学に行くために勉強してるんだ」

「大学で、何をするの?」とわたし。

「哲学。僕みたいな尖った人間がたくさんいそうでしょ、哲学界隈って」

「偏見」織合さんがグラスを拭きながら呟いた。

「その通り! 偏見。でも一個人の意見は、絶対に偏見を含んでる。だからこそ、個人が考えを巡らせる学問が大事だと思ったんだ。実際、入門書を読んでみたら面白いし」

「なんだよ、ちゃんと考えてんじゃん」明戸さんはなぜか不機嫌だ。「もっと風船みたいな空っぽなやつだと思ってたのに」

「しつれーな。空っぽでも空気は入ってるから。詰まってるから。目に見えないだけで」

「うまいこと言った感じがむかつく」

ふふん、と恭一郎くんは得意げに笑う。「僕の性分は死ぬまで直らないし、直す気もない。だからこそ、ひとりでじっくり向き合えるものを探したんだ。向こうに合わせるんじゃなくて、合うものを探した。で、哲学を見つけた。すごくない？」

「すごい」わたしは感心した。自分がしっかりしている。自分の持っているもの、足りないものがわかっていて、どこに行けばいいか、見当がついている。そのための努力をしている。

明戸さんはケッと吐き捨てた。「こざかしい」

「じゃあ、織合さんは、どうしてSEになったんですか？」

「俺？」

わたしの質問に、織合さんが顔を上げる。いつの間にかグラスの片付けは済んで、読書をしていたようだ。『幸福な王子／柘榴《ざくろ》の家』という文字が、開かれた文庫本の表紙に見える。

「俺は、大学が情報系だったから、そのまま」

「食いっぱぐれない仕事がいいって言ってたよな、にいちゃんは」恭一郎くんが補足する。

「コンピュータ系なら需要もあるし、向いてるから、って」

「なら、どうしてここでアルバイトを？」

「言ってなかったか。去年の台風のあとで、住んでたアパートで水漏れがあって、本が棚ごと水浸しになったんだ」

「腐った水で、土とか泥が混ざってたんだよ」また恭一郎くんの補足が入る。「いやーな臭いのする、いやーなやつ」

「古い建物だったから、とうとうガタが来たんだろうな」

「何度聞いても嫌な気分になる」明戸さんが呟く。「本が汚れるとか」

「で、その本をどうしようか悩んでいたときに、知り合いからみえこさんを紹介してもらった」

「厳密には、知り合いの知り合いの知り合いね。それがあたし」明戸さんが続ける。「地下室にみえこさんの資料修繕キットが一式あるんだけど、いかんせん狭いしアナログだから、ちょっとずつしか修繕できないんだって」

「一式あるって、すごいね」

「みえこさんが退職するときに持ってきたんだ。自費で買ったやつだから職場に残したくない、って」

「そういうわけで、俺はここの厄介になってるよ。本は三百冊くらいあったから、まだしばらくお世話になる」

「すごい量」

「それほどじゃない」と明戸さん。「数を聞けば多く感じても、本棚に並べてみると、そこまで多くない。あたしもそれくらい持ってる」

だとしても、三百冊を買い替えるんじゃなくて、自力で修繕するなんて。しかも方法を教えてもらいながら、一冊ずつ。それって、思い入れと根気がないとできないことだ。

「本当に大切な本なんですね」

「……まあな」織合さんは視線を下げる。なぜか恭一郎くんが嬉しそうな顔をしている。

明戸さんは打って変わって、キーボードを打っている。

「明戸さんは、どうして小説を書いているの？」

「答えなきゃいけない？」

タイピングは止まらない。

「将来は、小説家になるの？」

「そう。歴史に名を遺《のこ》す。それで、サハラ砂漠の真ん中で死ぬ。ぱたりと倒れるように」

ははは、と恭一郎くんが、声を上げて笑った。『星の王子さま』のパクリだ！　フィクションの複製品になってる！」

「黙れ。中学の国語の先生をパクってるやつに言われたくない」

「違うよ。あれは引用だし、僕は明戸さんを否定してないよ。もし明戸さんがサハラ砂漠で倒れて死んだら、ここにいる面子で星を探してあげる。でもさ、どうせなら、作者に合わせたほうが現実的じゃない？　飛行機が行方不明になるとかさ、僕はそっちのほうが好きだな。いちばん好きな死に方は、老衰だけど」

「うるさい。自分の死ぬタイミングは、自分で選ぶんだ」

「言い切っちゃったよ」

「死ぬときのこととか、考えてるんだね……」小説家になって、歴史に名を遺して、サハラ砂漠でぱたりと倒れて死ぬなんて、まるでドラマみたいな人生計画とゴールだ。「けど、長生きしてね」

明戸さんは複雑な表情を浮かべた。「いや、だから……」

「定本さんは、どうして陸上をしてるの？」

恭一郎くんの質問に、わたしは答える。「いま探しているところ。『走れメロス』で」

「そこに、定本さんが陸上をしている理由があるの？」

「見つけたいな、って思ってる」

「なるほど。たしかに『走れメロス』は、走る理由があるから走っている話だね。明るくて、力強くて、明快だ。気迫や情熱が伝わってくるし、オチもいい。僕は太宰作品でいちばん好きだな」

オチ。そっか。

いま、わたしが読んでいるところでは、メロスの走る気持ちが萎《な》えてしまった。でもまだ終わっていない。メロスはきっと立ち上がるはずだ。明確な、走る理由を抱えて。

夏休みも終盤に差し掛かり、カンカン照りのなか『アトガキ』に行くと、柊木さんと織合さんがいた。明戸さんは補習らしい。アイスカフェラテを注文して、いつもの席に腰かける。

文庫本を開くけれど、明戸さんがいないと、いまいち集中できない。あのキーボードのタイピング音が、ちょうどいい雑音になってくれるから。

「どこまで読めたの？」

カウンターの柊木さんに声をかけられて、わたしは『走れメロス』を閉じた。「いま、水が湧きだしたところです」

うんうん、と柊木さんが頷く。「いいところね。やんぬる哉《かな》」

「やんぬる哉。柊木さんは、『走れメロス』に詳しいんですね」

「そうでもないわよ。あなたたちの話を聞いて、懐かしくなって、再読しただけ。わたしね、すっごくミーハーなのよ。わかる？　ミーハー。いまの子は言わないか。若者言葉でミーハーって、何て言うの？」

「にわか、とか、言いますね。若干嘲笑のニュアンスを含みますけど」と織合さん。

「それって、にわか雨のにわか？」と柊木さん。「案外難しい言い回しをするのねぇ、最近の若い子って」

ミーハー、にわか、どちらも馴染みのない言葉だ。でもにわか雨はわかる。急に降ってくる雨だ。結局、にわかって何？　わからない。やんぬる哉。やんぬる哉って何？

「柊木さんって、本屋さんをしていらっしゃるんですよね」とわたし。「小説がお好きなんですか？」

「もともとは、夫が好きだったの。定年退職後に本屋を開くんだって息巻いてて、でも、二十年前に脳梗塞で」

ああ、とわたしは姿勢を正した。

「過去の話よ。気にしないで」柊木さんの口調は明るい。「で、わたしが定年退職してから、その夢を受け継いだのよ。それまで滅多に読まなかったのに、いまでは立派な本の虫。おかげで老眼鏡が手放せなくってね」

「じゃあ、本を好きになるきっかけがあって、いまがあるんですね」

「昔は登山ばっかりしてたから。それがまさかこの歳で読書にハマるなんて、人生どう転ぶかわからないものよね」

「楽しいですか？　読書って」

「そうね、夫が好きだった小説を読んでいるときは、特に」

「何がお好きだったんですか？」と織合さん。

「えっとね」柊木さんが指折り数える。「そうね、特に好きだったのが、小栗虫太郎と、夢野久作」

聞いたことがない名前に、わたしは相槌を打つしかできない。一方で織合さんは、「それはまた……」と苦笑していた。柊木さんもつられて笑う。

「それはまた、でしょ。読んでみてわかった。わたしの好みと真反対！　よく結婚できたわよね」

「柊木さんは何がお好きなんですか？」と織合さん。

「司馬遼太郎！」

「ははは、それはまた」

「ね、笑っちゃうでしょ！　わたしの好みも、早く教えてあげたいわ」

小説に詳しくないわたしは、会話に混ざることができない。でも雰囲気はわかる。きっと、楽しい話なのだろう。

軽やかな柊木さんを見ていると、わたしが抱いていた読書家のイメージがどんどん朧気《おぼろげ》になっていく。わたしがいままで出会ってきた読書家は、物静かで、しっかりしていて、本という森の番人みたいな雰囲気を纏《まと》っていた。明戸さんも、どっちかといえば番人っぽい。一方で柊木さんは潑溂《はつらつ》としていて、冗談も多くて、真夏のビーチの管理人みたいだ。

読書の楽しみ方って、人それぞれらしい。

一息ついて、読書を再開する。

湧き水に気づいたメロスが、それを一口飲んだ。喉が潤って、歩き出した。歩けるなら行こう。肩の荷が下りて、希望が生まれる。義務遂行と、わが身を殺して、名誉を守る希望。メロスには、待っている人がいる。信じられている。だから、走る。命を擲《なげう》って、信頼に報いる。走れ！　メロス。

メロスの走る理由は、メロスの内側に隠れていなかった。外側にあった。メロスは自分以外のもののために走り出した。わたしはまだ、ピンとこない。黙々と文字を追いかける。

雨が降っていた。『アトガキ』の店内には、激しい雨音がくぐもって響いていた。今日の客は、わたしと明戸さんだけだった。明戸さんは無言でタイピングしている。その音が雨音に混ざっている。織合さんはスマホに電話が入って、キッチンに移動している。小さな話し声が聞こえる。内容までは聞きとれない。

わたしは文庫本から顔を上げて、正面の明戸さんに尋ねた。「フィ、誰？」

「フィ？」明戸さんが手を止めた。「ああ、セリヌンティウスの弟子の人？　憶えてなくていいよ。メロスを諦めさせるために出てきただけだから」

「メロスが間に合わなかったら、セリヌンティウスが死ぬのに？」読み進めると、フィロストラトスが〝おうらみ申します〟と言った。意味がわからない。

「この人、メロスを恨んでるのに、メロスを助けようとしてる？」

「メロスは、生き残るほうがきっとつらい。もはや信頼に報いてセリヌンティウスを救い、王に殺されることでしか、メロスは救われない。生き残れば恥晒《はじさら》し。だからフィロストラトスはメロスを助けようとしている。恥晒しにするために。と、あたしは解釈する」

複雑だ。すっきりしない。続きを読むと、メロスが、間に合う、間に合わぬは問題でない、と言い出した。そこが最重要ポイントなのに。しかもメロスは、もっと恐ろしく大きいものの為に走っているらしい。何のことだろう。書かれていない。

ようやくメロスが刑場に着いて、セリヌンティウスの縄が解かれた。間に合った。よかった。ほっとしたのもつかの間、びっくりして「えっ」と声が出た。

「頬を、パンチした。せっかく間に合って、メロスはぼろぼろなのに」

「けじめだね」

「けじめ……」

だからって、殴らなくてもいいのに。よかったね、間に合ったね、疑ってごめん、こっちこそごめん、じゃだめだったの？

暴君ディオニス、つまり王様が出てきた。仲間にしてほしい、と言い出した。群衆が歓声を上げた。いままでたくさんの人を殺したのに、王様は改心して許された。そして勇者が赤面した。

文庫本を閉じた。いつの間にか、雨の音は小さくなっていた。カウンターの内側に織合さんが戻ってきていて、『幸福な王子／柘榴の家』を読んでいる。

明戸さんが顔を上げた。「どうだった？」

「しっくりこなかった。メロスが走った理由って、結局、何だったの？」

「そりゃ、名誉、勇気、誠実さを守り抜くためでしょ。命より大切なもののために、メロスは走った。正義や信頼のほうが、保身や疑心より強いんだって証明するためでもあるね。結果、暴君ディオニスも改心したわけだ」

「しなかったかもしれないよ。メロスもセリヌンティウスも、王様に騙《だま》されて死んでいたかもしれない。命より大事なものなんて、あるのかな」

「〝人の心を疑うのは、最も恥ずべき悪徳だ〟。初めのほうにあったでしょ。これがメロスの主張。信じることの大切さを示したかったんだよ」

「でも、メロスって、お城に乗り込んで、セリヌンティウスを巻き込んで、それってすごく、なんというか……やりたい放題じゃないかな。もしわたしがセリヌンティウスなら、やっぱり困っちゃうな。メロスが大切にしてるものもよくわからないし、王様の悪行も、なかったことにはならないよね。本当に改心したのなら、王様は罪を償うべきじゃないかな」

「メロスが走り出すシーンって、作中で何度かあるじゃん」と明戸さん。「メロスがシラクスの街を出たとき、定本さんはどう思った？」

「セリヌンティウスがかわいそうだな、って。メロスも勝手だなぁ、って」

「村を出たときは？」

「未練があるなら、どうして王様とあんな約束をしたんだろう、って」

「湧き水を飲んだときは？」

「義務とか、信じられているとか、書いてあったところだよね。ついていけなかった。走ってるとき、そんなふうに感じたことがなかったから」

明戸さんは、首を傾げた。「定本さんは普段、走ってるときは何を感じてるの？」

「何も感じてないと思う。走ってるときは、走ってるだけ」

「苦しさは？　応援や激励に支えられたりとか、頑張ってきた分、報われたいとか、思わないの？」

「応援は嬉しいけど、応援されるから走ってるわけじゃないし、報われたいなんて考えたことないかも。走ってて苦しいってことは、コンディションが悪いか、トレーニング不足か、体力配分をミスしたからじゃないかな」

「大会に出るか否か、どうやって決めてるの？」

「出られそうなら出る」

「理由は？」

「出られそうだから」

「そんな、循環論法みたいな……」

明戸さんは目線を落として、テーブルの上の『走れメロス』を無言で見つめた。

ペラ、と紙の擦れる音。織合さんが本を読んでいるのだ。

「わかった。相性が悪かったんだ」明戸さんはノートパソコンを閉じた。「定本さんって、頭が常に動いてるタイプじゃないよね？　頭のなかで、ずっと何かについて考えたり、ひとりで会話したり、独り言を喋ってるタイプではない。基本的には脳内反省会をしない。だよね？」

「しない、と思う。そんな人、いるの？」

「いるよ。現にここに。定本さんは、文豪作品向きじゃないんだよ。内向的な作品もだめだ。自分に近いエンタメ現代小説を読むべきだ。いまから柊木さんの本屋に行こう。おすすめの小説、教えてあげる。あたしが定本さんっぽい本を見繕ってあげるからさ」

断る間もなかった。小雨のなか、わたしたちはふたつ隣の通りにポツンと佇む小さな本屋さんを訪ねた。

二階建て家屋の一階を店舗にしている、小さなお店だった。傘を店先の傘立てに入れてお店に入ると、奥の椅子に柊木さんが座っていた。パソコンに何か打ち込んでいる。わたしたちに気づいて、「いらっしゃい！」と言ってくれた。狭い店内に並んだ棚には、本がぎゅうぎゅうに詰め込まれている。『アトガキ』と同じ、静かな住宅街にあるお店だからか、他にお客さんはいない。

明戸さんは「お邪魔します」と早口で告げてから、奥の棚に進んだ。ずらっと並んだ文庫本から、慣れた様子で一冊を取り出す。

「これはどう？　高校陸上部といえばこれでしょ。こっちもおすすめ。あと、定番といえばこれ。こっちのシリーズ作品は、定本さんに比較的近いんじゃないかな。まずは一巻から。走るのが嫌なら、歩くやつもあるよ。これとか。部活モノならこれかな」

わたしの両手に、文庫本がどんどん積み上げられていく。わたしは困る。明戸さんの厚意は伝わっている。財布は持ってきている。でも、どれも分厚い。読み切れる自信がないし、二学期が始まったら、読む時間もない。

「ごめん。今日はやめておくね」

明戸さんは、はっと我に返った。そうして小さな声で「ごめん」と言った。「押し付けがましかった」

「こちらこそ、せっかく紹介してくれたのに」

何も買わず本屋さんを出て、『アトガキ』に戻って、読書感想文をどうにか終わらせた。

帰り道、コンビニでソーダ味のアイスを買って、歩きながら食べた。空はすっかり晴れて、夕焼けになっていた。

『走れメロス』の感想文を書きながら、改めて思ったこと。わたしはやっぱり、読書に向いていない。明戸さんみたいにメロスが走った理由が読み取れないし、フィなんとかがメロスを助けようとした動機もわからなかった。説明されても共感できなかった。

小説は嘘の塊だ。架空の物事だから、どれほどつらい状況でも、メロスは走り出せる。瀬戸際で間に合う。悪い王様も簡単に改心する。そこがどうもしっくりこない。

何より、走る理由は見つからなかった。

「うーん」

アイスをかじる。

恭一郎くん、織合さん、横田先生、佳穂、柊木さんには、いまに至る理由がそれぞれあった。みんな、苦労とか、悩みとか、忘れられないこと、大切なものを抱えて、背負って、考えて、物事を選んでいた。その理由や答えは、小説から得たわけじゃない。誰かに言われたわけでもない。自分で決めていた。

蓼科先生は、本に救われたと言っていた。小説という嘘に救われるには、コツが必要なのかもしれない。そのコツを明戸さんや織合さん、柊木さんは知っているから、読書が好きなのかもしれない。

コツを摑めないわたしが小説に答えを求めるのは、間違っていたのかも。

またアイスをかじる。考えるのって疲れる。九月の中頃から部活に復帰する予定だから、それまでに走る理由を見つけたいけど……。


翌日の部活動で、休憩中の佳穂が笑いながら近づいてきた。「ぼーっとしてるね」

「わかる？」

「風香ってわりかし顔に出るよ」

「慣れないことしたから、なんか気持ちが抜けなくて」

「読書？」

「そう。あ、感想言うんだっけ。えっとね、あんまり、面白くなかった」

ははは、と軽やかな笑い声がグラウンドの隅に響き、ストレッチしていた他の部員がこちらをちらっと見た。佳穂は気にしない。

「それで、走る理由は見つかったの？」

わたしは首を横に振った。

「だよね」水分を取ってから、佳穂はタオルで口元を拭った。「やめちゃえば？　理由なんて見つからなくても故障は治るし、大会は近づいてくるよ」

「でも、あったほうがよさそう。理由って、芯みたいなものの気がする。困ったとき、迷ったとき、原動力になってくれるもの」

「拘るなぁ。じゃあ、風香のメダルコレクトのモチべって何だったの？　表彰されたくて走ってたわけじゃないんでしょ？」

高一の南関東大会では三位だった。あの日は天気が良くて、良い走りができて、楽しかった。インターハイは猛暑日で、大変だったから、楽しくなかった。高二の支部大会では一位だった。先頭の独走は楽しい。誰にもペースを乱されないし、追い抜かれる心配もない。だからといって、一位じゃないと嫌、とは思わない。

わたしは、自己ベストを更新しても、ライバルに勝っても、あんまり嬉しくない。競いたいわけじゃない、のだと思う。走りたくて体が疼《うず》いたことはない。ハードなトレーニングは好きじゃない。自分に合ったペースで、自分に合った練習法を、ずっと続けてきた。その結果、ちょっと膝を痛めてしまった。高校生になってから背が伸びて、脚も伸びたので、フォームが少し崩れた、というのが、お医者さんと両親の見解だ。

わたしのまとまりのない説明を聞いて、佳穂は再び声を上げて笑った。

「風香は、とことんマイペースだよね。本当は、誰にも合わせたくないんだと思うな。他人の目とか推薦のこととか、気にしなくていいんじゃない？　やりたいようにやってるときの風香が、いちばんかっこいいよ」

「うーん……」

「あ、響いてなさそう」

わたしには、陸上に対する向上心がない。でも、わたしには走ることしかできない。大学入試の面接で陸上を続ける理由を尋ねられて、「なんとなく」「これしかないので」と答えることはできる。できるけど、中身がないように感じる。努力したことは何か。信念は何か。克服したことは。自分が自信を持って答えるための材料がほしい。もっと言えば、走り続けるための、さらに強い軸がほしくて。

そういえば、以前、佳穂が言っていた。「筋がほしいんだ」って。

わたしは尋ねる。「わたしのほしい筋って、何だと思う?」

「筋肉」

笑ってしまった。「そっちじゃないよ」

「冗談。前にあたしが言ったやつでしょ。わかりやすく言えば、ストーリーかな」

「ストーリー」

「物語の粗筋、とかの筋だよ」

「物語」

そうか、やっとわかった。悩みの本質。わたしが走る理由を探す、本当の理由。

誰だって持っている、きっかけや理由。動機。心の支え。困難を乗り越えた先の結果。感動。努力が報われなかったときの悔しさ。反動。そこから生まれる物語。それこそが、筋。

わたしには、ストーリーがない。わたしの人生には、筋がない。だから走る理由を見つけることで、自分なりのストーリーを描こうとしている。

わたしは、ストーリーのある人間に、なりたいんだ。

4

「明戸さんの、いちばん大切な小説は？」

始業式の前日、『アトガキ』で顔を合わせたあたしたちは、いつものようにカフェラテとアイスティーを飲んでいた。普段と違うことといえば、定本さんが『走れメロス』を読んでいないことだ。あたしの貸した短編集は、あたしのもとに帰ってきた。他の収録作品を読む気は毛頭ないらしい。読む本がなくなったので、定本さんは塾の課題に取り組んでいる。ここに一緒にいる意味はあるのか。でも彼女はあたしのことを詮索してこないから、気が楽だ。楽だったのに、好きな本を訊いてきた。

タイピングの手を止めて、あたしは答える。

「『星の王子さま』」

定本さんは、ふうん、とそよ風みたいな返事をする。

「その小説の、どんなところが良かったの？」

「言いたくない」

「えっ、どうして？」

「物事の好き嫌いは、その人の根幹を反映してるから。変に探られたくない」

「そんな、心理テストみたいな感じなの？」

「好きな本を好いている理由って、特にその人らしさが出るじゃん。出るんだよ。お気に入りの本でパーソナリティがわかったりする。だから言わない。本棚も見せない」

　大切なことは曖昧でいい。言葉にすると、輪郭を得て実体化してしまう。あたしにとって、『星の王子さま』を語ることは、あたしの根っこを引きずり出すこと同義だ。心底好きなものは、自分の根幹部分と複雑に絡み合っているから、人前に晒したくない。

「定本さん、結局、走る理由は見つかったの？」

「いろいろ考えてるところ。明戸さんは、小説はどう？」

　あたしはニヤリと口角を上げた。

「この小説が、定本さんの走る理由になるかもね」

「ほんと？」

「嘘吐くわけないじゃん。小説は万能で、人を救う力があるんだから」

「題名は決まったの？」

「『文字の配達人』。あとエピローグを書けばいいだけだから、明日には完成してるよ」

　定本さんが帰って、夜になり、深夜を越え、空が白む頃、あたしは有言実行で『文字の配達人』を書き終えた。どうにか夏休み中に書き上げることができた。でも決定的な問題がひとつ残っている。『文字の配達人』は、バッドエンドになってしまった。

　スタートは良かった。主人公は希望に満ち溢れていて、前向きで、困っている人を見過ごせないお人好し。そんな主人公に救われる周囲の人々。しかし次第に違和感が滲《にじ》んだ。書き進めるうちにそれは強まった。何かがおかしい。どこがおかしいのだろう。しっくりくる方向を探して軌道修正していくうちに、主人公が自己犠牲を働いて、悔いを残して死んだ。取り返しのつかない結末。大団円とは程遠い。これを印刷して定本さんに渡して、「あなたをモデルに書いた作品ができたよ！」とは言えない。しかも何が困るって、その結末を、あたしは美しいと感じているのだ。最後の一行を打ち込んだとき、あるべきところに収まったようだと思った。いつもそうだ。あたしのバッドエンドは、ジグソーパズルの最後のピースみたいに、綺麗に嵌《はま》る。

世界観をハイファンタジーにしたのが良くなかったのかな。でもハイファンタジーのほうが、「めでたしめでたし」ってしやすいはず。魔法の設定もあるし、最後の最後でなんやかんやの奇跡が起きて、状況がひっくり返って、「みんな幸せになりました。めでたしめでたし」ってしてしまえば……。いや、それって、ご都合主義だ。機械仕掛けの神様《デウス・エクス・マキナ》ってやつ。そんな小説、書きたくない。美しい流れを断って、「魔法のおかげでハッピー！」なんて書いた暁には、喉に刺さった魚の小骨みたいに後悔がチクチクと残り続けて、おちおち食事も取れないだろう。喉に小骨が刺さったことないけど。

奇跡が起こる伏線を張っておけばいいのだろうか。でも伏線は張ればいいってものじゃない。読者に印象付けて、かつ伏線だとばれないように工夫を施さないと。見える伏線は、伏線ではなく布石だ。

悶々と考えたけれど修正のしようもなく、二時間の睡眠時間を挟んで登校、始業式を迎えた。

六週間の夏休みを、課題ではなく執筆に費やしたあたしの青春は、教師陣に非難された。おまけに図書室前の廊下には立ち入り禁止の赤いコーンが並んでいて、その奥はブルーシートが敷かれて、物々しい雰囲気になっていた。改修工事中。面白くない。

残暑のしつこい熱と湿気にげんなりしながら『アトガキ』に帰ると、織合さんが砂糖を補充していた。あたしはカウンターに座って、生き返るためのアイスティーを注文する。

「無糖で」

「いつも入れないだろ」

店内に人はいなかった。柊木さんをはじめとした常連さんは、みえこさんと話したがるので、休日に来ることが多い。訊けば、さっきまで若い男女が来ていたらしい。気まぐれに立ち寄った客だろう。住宅街にあるから、来る客層と時間帯が限られるのだ。

織合さんがドアを一瞥《いちべつ》した。

「今日、定本さんは？」

「用事」

病院でリハビリらしい。さっきメッセージが入っていた。

「で、ハッピーエンド、書けたか？」

「かっ、当然でしょ、書けたに決まってるじゃん。知人をモデルにしておいて、ハッピーエンドにしないわけがない」

「どんな話になったんだ？」

「んー、なんか、こう、ほっとする話。それでいて、強い話」

「曖昧だなぁ」

「ギチギチに固めると、却って書きづらいから」

「一丁前に。課題は出せたのか？」

「ご想像にお任せします」

あたしは自分に甘い。やりたくないことは、やらない。だからハッピーエンドを書くべき状況を作って、義務にして、自分を囲い込んだ。うまくいく、はずだった。

やはり、創作をする以上、自身の過去や経験から逃れることは不可能なのか。どうしてもバッドエンドに至ってしまう呪縛は、一生ほどけることがないのか。

そんなはずはない。

郵便屋さんは、走る。大切な荷物を届けるために。魔法障害が起こって、転送魔法が使えないから、走るしかない。正義とか、名誉のためじゃない。誠実さとも違う。走るしかないから、走る。とても純粋な理由だ。シンプル・イズ・ベスト。これなら、定本さんにも響くはずだ。

『文字の配達人』は、『走れメロス』を超える。定本さんは『文字の配達人』をきっかけに、走り出す。あとは結末を後味良くするだけ。

アイスティーを渡された。ストローで掻き混ぜると、氷がコロコロと鳴った。少し飲んで、ノートパソコンを取り出したとき、スマホに通知が入った。定本さんからだった。「二学期から部活に行く」「『アトガキ』には水曜日に行くね」「来週から」。あたしは文字を入力して、悩んで、消して、打ち直して、推敲して、「じゃあ来週水曜、『文字の配達人』の原稿を渡す。」と送った。

地方文学賞の締め切りは、九月の最終金曜日。送るときに原稿の重みを感じたいから、郵送で応募するつもりだ。郵便局が閉まるのは午後五時。消印有効なので、金曜日の午後五時までに発送すればいい。当日の昼まで粘って、印刷すれば、充分間に合う。学校なんて休めばいい。一週間でハッピーエンドに改稿して、一週間で定本さんにチェックしてもらって、一週間でフィードバックをもとに修正、応募。完璧なスケジューリングだ。あたしならできる。

カランカランとベルが鳴る。振り向くと、恭一郎だった。「よ」と片手を挙げて、軽薄な調子で入ってきた。あたしはげんなりするが、相手をしている暇はない。ノートパソコンを開いて、改稿作業を開始する。

「無視だなんて、つれないなぁ」

恭一郎はカウンターの前に立ち、いつもの口調で言った。

「翔太《しょうた》さんが家に来てるよ。話がある、って」

びくり、と織合さんが硬直したのがわかった。あたしは早速手を止める。

「にいちゃんさ、喧嘩したら実家に帰ってくるのやめてよね。そろそろ僕も仲裁料を貰っていい頃合いだと思うよ。それよかニャンゴローが貰うべきかもしれないけど」

ニャンゴローは、織合さんが飼っているネコの名前だ。正確には、織合さんと同棲している恋人の連れネコ。

恭一郎は、あたしの隣の隣に座った。アイスコーヒー、と告げて小銭をカウンターに置く。

「別居に戻したら？　いつまでも喧嘩が絶えないってことは、同棲に向いてないんだよ。最近はあえて一緒に住まない人もいるって言うしさ」

黙っている織合さんの、纏う空気が重い。あたしは居心地が悪い。何か言わなくちゃ。でも急《せ》かした言葉は吐息と一緒に零れて、空気に溶けただけだった。これは不安だ。不安を感じて、どうにかしなきゃと思って、焦っている。

織合さんが「そうだな」と言った。静かな目をしていた。

「ぼちぼち、引き払ったほうがいいかもしれない」

絶句したあたしは、あえて茶化す口調を選んだ。

「え、え？　なんで？　引っ越したばかりじゃん。台風のことがあって、そこからやっといい不動産屋を見つけて、吟味して、高台の物件に決めてさ。いつもの痴話喧嘩でしょ？　喧嘩するほど仲が良い、でしょ？　言い合える仲がいちばんだって、自分で言ってたじゃん。違うの？」

「まあ、ちょっとな」

「ちょっとって何？　どういうこと？　そりゃ、喧嘩ばかりかもしれないけど、でもそんな、まさか、別れるの？　喧嘩で？　そんな、え、どういう喧嘩？　生死に関わることなの？」

何か言いかけた織合さんを、恭一郎が遮った。

「結婚式のことで揉めたんだって」

織合さんは一瞬言葉を詰まらせ、「おい」と窘める。恭一郎は止まらない。

「翔太さんが、いま挙げたって時間の無駄だ、って言ったんだって。でもにいちゃんはいま挙げたいって主張して、言い合いになったらしい。これ、翔太さんの見解ね」

は、とあたしは息を呑む。結婚式。すうと血の気が引いた。ちょっし前に、結婚式も挙げなよ、と言った。その記憶が蘇ったのだ。結婚式を挙げても、パートナーシップ制度を使っても、織合さんと翔太さんは、養子縁組をしない限り、法的に家族と認められない。それをわかっていて、あたし、なんてことを。やらかした。正確には、やらかしていた。失言だ。あのとき、織合さんはどんな顔をしていただろう。思い出せない。

「あ、えっと、それさあ、あれだよね、あたしが、変なこと、言ったんだよね。だから、織合さんは悪くないよ。そう。え、あたし、焚《た》きつけた？　いやほんとごめん。あたしが悪いね、それね、いやあ、いつもそう、あたし、思いついたことを、ほいほい言っちゃうからさ。あ、恭一郎よりはマシだけどね。マシな自覚あるけど、完全に、あたしのせいだね」

こういうとき、喋りすぎないほうがいいって、わかっている。あとで反省することもわかっている。わかっているのに、言葉が連なって途切れない。「へへへ、ごめんごめん」と口では笑って、目の奥では泣きそうだ。

「けどさ、変な話だよね、ほんとさ、結婚式はできても、結婚できないとか、社会のルールが間違ってるよ。マジで、ほんとに、マジで。結局、おかしいのは、あたしでも織合さんでもなくて、」

「類」

織合さんの声音は、優しかった。

「俺がいましてるのは、制度の話じゃなくて、式をどうするかって話だ。婚姻と結婚式とパートナーシップを混ぜっかえすんじゃない。批判に飛ぶな」

「誰にでも批判する権利はありますけど」

「そうだな。わかったから、落ち着け。翔太との喧嘩は、類のせいじゃない。俺は分別のある自立した大人で、高校生に影響されるほど流されやすくない」

「それはそれで腹立つ」

「別れ話には、なってない。そのつもりもないから」

あたしはもごもごしてから、最終的に「そう」と視線をそっぽへ遣った。織合さんはアイスコーヒーを淹れ始める。

「大人を心配する暇があったら、勉強しろ。課題、ちゃんと終わらせろよ」

「そうだよ！　他人に寄せる心配なんて、この世でいちばん不必要だからね」

恭一郎が意気揚々と言った。織合さんが「おまえな」と溜息を吐いても、恭一郎はへこたれない。

「とにかく、翔太さんが家に来てる。いま父さんと談笑してるよ。さっきは詰将棋とビートルズで盛り上がってた。早く対処しないと、母さんが帰ってきたら盆栽のことで話が弾んで、あとはお決まりのパターン。外食して、大人たちがお酒を飲んで、翔太さんはうちに泊まることになって、僕、にいちゃん、翔太さんの川の字で寝ることになる。酔いが回って、かつ喧嘩した状態でね」

「気まずそう……」

あたしの呟きに、恭一郎がしみじみと頷いた。

「僕は、哀れなカンダタに蜘蛛の糸を垂らしに来たの。せめて母さんが帰ってくる前に仲直りしなよ」

織合さんは、アイスコーヒーのグラスを恭一郎の前に置いた。ポケットからスマホを取り出して、ちょっとごめん、とあたしに断ってから、バックヤードに引っ込む。「あ、おまえな」と、やや大きな声。「謝るなら最初から」「いや、だから」「わかったわかった」「は？　今晩？」「駅裏のイタリアンって、あそこ高い」「そうだよ、コースだろ？　知ってるよ」「おい、もういい、親父に代われ」「いいから、代われって。親父が言い出したに決まってんだから」「あとごめん。俺も悪かった」と話し声が漏れ聞こえてくる。

「結婚式、挙げるつもりはさらさらなのかな」

アイスコーヒーを一口飲んで、恭一郎が言った。あたしは訂正を入れる。

「さらさらない、まで言えよ」

「挙げたって意味がないって言ってたんだよね、翔太さん。俺たちが挙げたところで、ただの儀式とパーティーだから、って」

「何それ。結婚式って、そもそも儀式とパーティーじゃん。誰かと生きていく、って宣言することも、確かめ合うことも、ただの約束に過ぎない。婚姻したふたりの間に必ずしも恋愛感情があるわけじゃない。愛し合っているかどうかより、一緒に生きていくっていう約束を守れるかどうかだ」

「明戸さん、今日はやけに饒舌《じょうぜつ》だね。早口大会にでも出るの？　生麦生米？」

「うるさいな」

「なまたまも」

「言えてないし」

ノートパソコンの画面を眺めるけど、いろんなことが頭のなかを駆け巡って、改稿どころじゃない。出鼻をくじかれた。負けるものか。頭を振って、集中する。

「今日は定本さん、いないんだね」

恭一郎が言った。あたしは無視した。

「執筆の具合はどう？」

無視する。

「いつ完成するの？」

無視。

「自信のほどは？　いまのところ、手ごたえは？」

「……なんでそんなこと気になるの？」

「ずっと気になってるんだよ。明戸さんはどんな小説を書くのかな、って。できたら読ませてよ」

「何のために？」

「僕の楽しみのために。どんな話を書いてるの？」

「……郵便屋の話」

「へえ、面白そう！　あっ、そうだ、せっかくなら、完成した原稿をさ、とびきりかっこいい渡し方で渡してほしいな。スパイのやりとりみたいな方法で。郵便屋さんにちなんで、おしゃれな封筒とかに入れちゃったりして！」

何を言ってるんだ、こいつは。そのにんまりとしたうざったい笑みを睨みつけてやるも、恭一郎は動じることなく、「ね！」と強引な頼みを重ねてくる。「原稿って、かっこいい響きだよね！」とか、聞く耳を持たない。相手にするからつけ上がるのだ。あたしは「へいへい」とあしらった。

「気が向いたらね」

向くことなどないけど。

アイスコーヒーをズゴゴと一気に飲んで、恭一郎は店を出て行った。用事は兄への忠告だけだったらしい。面倒なやつ。スマホで済ませばいいのに。しかしあたしがそう言ったら、「僕にも息抜きが必要ですから！　この僕にも！」と返してきたに違いない。十一月頭の高卒認定試験に向けて、追い込んでいる最中らしい。くだらない。落ちてしまえ。

……落ちてしまえ、はさすがに良くない。

まずい。ばれないよう巧妙に隠匿しているひねくれた性根が、露呈している。あたしは根っこが捻じ曲がっているから、出てくる言葉も相当ひねくれている。普段なら、そのひねくれを伸ばしてまっすぐにしてオブラートに包んで出力できるのに、自分に余裕がないと、そのまま声に乗せてしまう。暴言を放って、相手を刺して、傷ついた姿を見て、後悔する。自分の失敗に取り憑《つ》かれる。風呂に浸かりながら、ベッドに寝転びながら、登校しながら、やらかしたことを思い出しては、顔を覆って唸る。その繰り返し。

なんだかつらくなってきた。カウンターに突っ伏す。

性根がまともな人間なら、あの場で結婚式なんてワード、発しないはずだ。思いついたとしても押しとどめる。

織合さんが修繕している本のうち、半分以上は翔太さんの愛書だ。翔太さんは看護師をしていて、まとまった休みを取るのが難しいから、織合さんがひとりで本を直している。素敵な関係性だ。あたしは、織合さんには、翔太さんと仲良くしていてほしい。でもそれは、過度な期待だ。あたしみたいな部外者が、仲良くあることを押し付けてはいけない。

「大人になれば、しょうもない失敗も減っていくんだろうな」

言葉にすれば、そうなれる気がした。

「冷静さがほしい」

「何してんだ？」

戻ってきた織合さんの声が降ってくる。あたしは突っ伏したまま呻《うめ》く。

「ごめん。精進します。立派な大人になります」

「あのなぁ、大人は完璧じゃないんだ。できることが増えるだけで、失敗しないわけじゃない。よく知ってるだろ?」

「うん……」

「気にするな。俺は気にしてないよ。もともと考えてたんだ。結婚式みたいなことができたらいいな、って。それを翔太に言っただけ」

嘘だ。言葉は変幻自在だ。薬にも、水にも、刃物にもなる。時限爆弾にだってなりうる。無意識領域で揺蕩《たゆた》っていた願望が、あたしの結婚式って発言で呼び起こされたんだ。小説で定本さんを救おうとしているあたしが、言葉を喧嘩の呼び水にするなんて、最悪だ。


「元気になる話は、書けましたか?」

放課後、いまだ冷房の効いている職員室の前で、ばったり会った蓼科先生が言った。あたしは「まあ」と返した。蓼科先生の目が、あたしの片手のものを目敏く捉える。日本史のワークだ。昨日、みえこさんに小言を言われたので、適当に終わらせた。

「国語のワークは?　明戸さんならすぐ終わるでしょ?」

「そのうち出します」

逃げるが勝ち。先生の横を通り過ぎて、職員室に入る。日本史の先生は不在だったので、雑多な机の上にワークを放っておいた。何かに混ざって紛失しても知ったことか。

職員室を出たところで、聞き慣れた声がした。咄嗟に柱の陰に隠れて覗くと、定本さんと体育の横田先生が、夏の残る廊下の先で話し合っていた。

「今週いっぱいは様子見で、来週から復帰か」

はい、と定本さんが頷いた。背中をこちらに向けて立っているので、顔は窺《うかが》えない。横田先生は、手元のタブレットと定本さんを交互に見ている。部活のスケジュール表でも表示しているのだろうか。

「ストレッチやウォーキングもしていたようだし、最初は無理のない範囲で、少しずつ慣らしていこう。熱中症にも気を付けつつ。十月の大会には出られたらいいんだが」

横田先生の声は、よく通る。「シードのことも考えないとな」という呟きですら、あたしに届いた。そこで定本さんが何か言ったようだ、「ん？」と横田先生がわずかに身を屈めた。あたしも耳を澄ます。

「走る理由が、見つからなくて」

定本さんの吐露は、校舎まで響く運動部の掛け声の隙間に零された。

「休んでいる間、自分が走る理由を、探したんです。小説を読んで」

「小説。定本が？」

「蓼科先生が、小説に救われた話を聞かせてくれたから、自分もそうなれるかもと思って。わたしの知らない世界に、走る理由があるかも、って。わたし、いままで、なんとなく走り続けてきちゃったから」

横田先生が「そうか」と頷く。真剣な表情だ。定本さんから視線を外さず、茶化さない。

「定本は、理由を探しに、小説の世界へ旅に出たわけだな。それで、見つかったのか？」

「よく、わかりませんでした。やっぱりわたしは、読書に向いてなかったのかも」

入り口から文壇を覗いたくらいで何言ってるんだ。読んだ小説はたった一編。太宰治の『走れメロス』。喩《たと》えるなら旅じゃなくてお出かけだろ。

「定本が探してる走る理由ってやつは、走ることが好きとか、達成したい目標があるとか、応援に応えたいとかでは、だめなのか？」

「自分だけの理由がほしいんです。誰かのためや、貰ったものじゃなくて、自分のなかにある理由。推薦入試の面接で使える、自分のストーリーになる、みたいな感じの理由が」

横田先生は、「そうか、そうか」と数回頷いた。

「あのな、定本。怪我や故障をしたときは、誰だってナイーブになるし、焦る。定本だけじゃない。先生もそうだった。不安になって、たくさん悩んで、考えた。でも、まずは行動してみろ。答えが見つからなくていい。理由はあとからついてくる」

「あとから……」

「そうだ。走り出せば、また考え方も変わるさ。読書もいいが、風に乗って走ってるときの定本が、いちばん定本らしいと、先生は思うぞ。身体を動かしながら考えるほうが、定本には合ってると思う」

朗らかな笑みに、清々しくて爽やかな物言い。おためごかしだ。定本さん、口車に乗せられちゃだめだ。騙されるな。継続してきたことは、アイデンティティになる。あたしの小説執筆が呼吸であるように、定本さんの走りも、もはや人生の一部だ。アイデンティティの悩みは、気づいたときに立ち止まって解決すべきだ。いま、この瞬間に悩んでいることに、意味があるのだ。

「ちなみに、何の小説を読んだか訊いてもいいか？」

「『走れメロス』です」

「ああ、懐かしい。先生も授業でやったなー」

浅い。太宰治ではなく授業が出てくる時点で、文学や文藝をわかっていない。定本さんは相談する相手を間違えている。横田先生に小説を語る資格はない。小説は万能だ。解決のためのヒントをたくさんくれる。そして定本さんを救うのは、するのは難しいかもしれないけど、いや、作者が迷ってどうする、そうだ、断言してやる。定本さんに走る理由を与えるのは、『文字の配達人』だ。あたしの書いた小説が、定本さんを救うんだ。

「理由を無理に作らなくてもいい。推薦入試の面接には、それ用のノウハウがあるからな。本音と建前を分けるのも大事だぞ」

横田先生の豪快な笑い声が、オレンジに染まった廊下に響く。

「定本は、小説より、自己啓発系を読んだほうがいいかもしれないな。マラソン選手が出している本とか、どうだ？　定本の求める答えにより近い記述があると思うぞ。作り物じゃない、実体験と本物の心の動きが書いてあるはずだ」

小説は作り物？　実体験ではない？　描かれた心の動きも偽物？　何もわかってない。横田先生は、せっかく読書に興味を持った定本さんを、自分と同じ穴の狢《むじな》に陥れようとしている。指導者とは思えない悪行だ。どうせろくにフィクションに触れてこなかった、フィクション免疫ゼロの人間に違いない。おまえなんか金輪際、横田呼びだ。いまに見てろ。小説の力を味わわせてやる。フィクションはすごいんだ。架空の世界が、想像の力が、路頭に迷った人間を救うんだ。軽視したことを後悔しろ。

あたしは踵《きびす》を返した。無性に叫びたかった。

『文字の配達人』の郵便屋さんは、かつて不運が重なった結果、ひとりの女性を死なせてしまった。その女性の子どもである小さな男の子は、復讐に燃えている。郵便屋さんの荷物の配達先は、その男の子だ。荷物を届けた郵便屋さんは、男の子を復讐から解放するために、自分を恨ませたことを後悔しながら、すべての真実を秘匿して、死ぬ。心優しい郵便屋さんの死を、街中の人々が悼む。復讐を果たした男の子は、真相を知ることなく街を去り、成長して、新たな場所で郵便屋さんを始めたところで、真実を知り、嘆く。そして物語は幕を閉じる。郵便屋さんの過去と男の子の怒り。復讐が果たされる山場。エピローグでのやるせないカタルシス。なかなかドラマチックで素敵な作品だ。

だから、困る。

あたしはベッドに寝転がり、天井を見上げている。土曜日の夜。座卓の上にはノートパソコンが開いてある。画面は点いている。壁掛け時計の時刻は午後十一時半。

どうにかして、郵便屋さんを生存させて、ハッピーエンドにしなければ。しかし、郵便屋さんは真実が明るみに出ることを厭《いと》うだろう。真実を知れば、男の子が自死しかねない。何を隠そう、女性の死の原因は、息子である男の子なのである。心優しい郵便屋さんの死は、物語が始まるずっと前から決まっているのだ。……この設定が良くないのか？ 良くないのだろう。でもここに修正を加えたら、いろんなところにガタが来そうだ。物語はいつだって、高く積んだ本さながら、絶妙なバランスで成り立っている。

定本さんをモデルにしつつ、若干乖離《かいり》させる。『走れメロス』より身近に感じられるような、あたたかくて優しくて、じんわり沁《し》みる作品にする。定本さんに、小説のすごさをわかってもらえるような。走る理由になるような小説に。

ドアがノックされた。あたしはベッドに寝転がったまま、「うー」と応える。

みえこさんが顔を覗かせた。

「類さん。課題できたの？」

「うん」

「嘘ですね」

「うん」

ふ、と笑う気配。

「まったく、誰に似たんだか」

「誰にも似てないよ」

みえこさんは、小言を言うけど叱らないから好きだ。あたしは寝返りを打って横を向く。

「どしたの？」

「電話です。あなたのお父さんから」

どす黒い泥のような靄《もや》が、一瞬で胸に広がった。そのときのあたしの状態を一言で表すなら、嫌悪だろう。汚物を目の当たりにした人間が反射的に浮かべる表情をしていたに違いない。

みえこさんが上品に笑う。

「携帯にかけても出ないから、って」

「拒否ってんだよ。明戸類は不在です」

「不在ですって」

みえこさんが、背中に隠していた手を前に回した。スマホを持っていた。通話中だ。最悪。

「類」と強い口調が、電波越しにあたしを呼びつける。みえこさんが部屋に入ってくるので、あたしは渋々、スマホを受け取った。耳に付けず、片手にぶら下げる。

「切ります。さよなら」

「ちゃんと聞きなさい。いろいろ落ち着きそうだから、電話したんだ。いつまでもみえこさんのお世話になるわけにはいかないだろ」

「いまさら？　全部そっちのせいじゃん。あたしがさも極悪人みたいな言い方でさ」

「直接会って話せないか？　離婚調停のことを伝えたいんだ。親権についても、もうすぐ結論が出る。自分と家族のことじゃないか。父さんと、類と、類のお母さんで、話そう」出た。類のお母さん。その言い回し。相手に母という役割を押し付けている。自分も父親という役割を全うできると思っている。どんな状態になろうと、父、母、子どもという形は崩したくない。家族という概念に取り憑かれた亡霊。

「クソが」

あたしの悪態に、みえこさんがにんまりと笑った。あたしは電話口に畳み掛ける。

「会ったところでどうにかなるの？　変わんないんでしょ？　早く離婚すれば？　悪いけどあたしは高三の三月まで予定埋まってるし、家族のこととか心底どうでもいい。意見を変えるつもりもない。交際も結婚も生活も不仲も離婚もそっちが勝手に始めたんだから、勝手に終わってろ。さよなら」

通話を切った。スマホを返すと、みえこさんは「おつかれさま」と受け取った。七十代の余裕と貫禄を感じさせる。

ドアが閉まり、部屋にひとりになる。あたしは再びベッドに寝転がって、天井を眺める。あたしが親にどんな態度を取っても、みえこさんは踏み込んでこない。他人の距離を保ってくれる。それがとても心地良い。心地良いものにしか、囲まれたくない。好きなものばかりの世界がいい。

幸せに満ちた話が書きたい。何に侵されることもない、順風満帆で、穏やかで、喜びに満ちた、優しい、ハッピーエンドの小説が。あたしと真反対の環境に身を置いている定本さんをモデルにすれば、それが叶うと思っていた。しかし完成した『文字の配達人』は、バッドエンドだ。どうすれば大団円になるのだろう。

自分を鼓舞して小説と向き合い、約束の水曜日になった。『アトガキ』は相変わらず、ゆったりとしている。コンビニで印刷した紙の束を特大のクリップでとめて、テーブルの上に出すと、定本さんは目を丸くした。

「これが、そう？」

「そう」

あたしは数枚ページをめくる。レイアウトは、二段組の余白ギリギリで、文字がぎっちり詰まっている。少しでも印刷代を節約するためだ。

「分厚いね。この小説の主人公が、わたしなの？」

「定本さんがモデル。改めて、題名は『文字の配達人』。ざっと八万字弱。魔法の世界で、郵便屋さんが、荷物や手紙を届ける話。ハートフル&ちょこっとミステリーな感じ」

「ミステリーかぁ。最後はどうなるの？」

「え、ああ、えっと……」

結局、どれだけ修正を入れてもしっくりこなかったので、結末は変えようがなかった。捻じ曲げて「みんな生還！　誤解も解けてハッピーエンド！」にすると、いままでのストーリーを無視することになるし、作者の都合が明け透けになる。それだけは許せなかった。郵便屋さんはやはり、死んでしまう。でも死の間際のモノローグを、「どうにかできたはずなのに。」という後悔の念から、「自分は精一杯やった。復讐を果たしたきみよ、どうか幸せに。」に変更した。これだけで、全体を通せば違和感はあるけど、少しでも上向きになったはずだ。物語の筋を蔑ろにするのは、三流物書きのやること。

ただ。

「最後を言っちゃうと、ネタバレになるけど」

「気にしないよ」

「それ、読む気がないってこと?」

「え?」

「ネタバレありきで楽しめる人もいるぞ」

カウンターから、織合さんが言った。釈然としないあたしに、定本さんが言う。

「もちろん、読みたいよ。でも、展開だけでも教えてほしくて。良くなかった?」

「悪くはないけど……」

あたしにはない発想だ。タイパ優先ってこと?

「えっと、最後は、なんやかんやあって、主人公が死ぬ」

「死ぬの?」

「死ぬのかよ」

織合さんまで反応した。

「ハッピーエンドにするんじゃなかったのか？　モデルにする以上はどうのこうのって」

「うるさいな。紆余曲折あってそうなったの。これでも渾身の展開、最高のラスト、ピースが嵌ったような結末です。報われて死ぬんだから、まだマシでしょ。そもそも人事なのはハッピーエンドじゃなくて、小説の力とか、小説のすごさの証明とか、そっちだから。めでたしめでたしで終わる作品のどこに深みがあるんだよ。そりゃ、ハッピーエンドにする責任は果たせなかったけど、幸せであることがすべてじゃない。悲しくても、ストーリー的に正解を叩き出せたんだから、そっちを褒めてほしいよね」

「言い訳がましくなってきた」

「揶揄《からか》いたいなら恭一郎でやって」

「はいはい」

織合さんは肩をすくめて、手元の読書に戻った。他にお客さんがいないから、暇なのだろう。

「死んじゃうのかぁ……」

定本さんは、テーブルの上の原稿をじっと見つめている。長身の彼女の俯《うつむ》きがちな姿は、どことなく落胆しているように見えた。さすがに申し訳なく思う。

「……ごめん」

定本さんが顔を上げた。

「え、違うよ。明戸さんを責めてるわけじゃないの。ただ、死ぬお話って、悲しいから」

「一般的にはそうかもね。けど、主人公が死ぬことで完成する作品もたくさんあるよ」

「そうなの？」

「そうだよ」

具体的な作品名を挙げようとしたけれど、ぱっと出てこなかった。店内の書架を見遣って、黙々と読書する織合さんを見遣って、オスカー・ワイルドを思い出す。

「『幸福な王子』とか……シェイクスピアとか……」

戯曲は読まないけれど、シェイクスピアなら大抵のパターンを書いているはずだ。ええと、それから、もっと普遍的で、共感しやすい喩え。ああ、そうだ。

「人生とか」

「人生？」

「そう。人生も、主人公が死ぬことで完成する、一冊のストーリーみたいなものだから」

自分で言って、水を得た魚みたいに、呼吸が楽になった。

「そうだよ、主人公の死なんて、悲劇的でも何でもないよ。人生はストーリーだから」

「ストーリー」

「白紙の原稿用紙に、イベントやアクシデントを描写しながら、地の文と会話劇で書き進めていく、自分が主人公の物語。どう転ぶかわからない布石を打って、いつかどこかで回収されて初めて伏線に気づいて、生きる意義を探して、ドラマを見出して、結末に向かっていく。それが人生。ストーリー。もし『文字の配達人』が、主人公が死ぬからバッドエンドなら、生きとし生ける人間は全員がバッドエンドってことになる。そうじゃないでしょ。そもそも人生という物語は、主人公が死んで完結するんだ。むしろ主人公は、いつか必ず死ななければいけない。その結末を全部ハッピーエンドって言いたいじゃん。でも人が死ぬと悲しいじゃん。だから、ハッピーエンドならぬハッピーデッド。そう、この小説は、ハッピーデッド。ハッピーエンドの仲間なんだ」

自分が何を言っているのかわからなくなってきた。「だいたい」と続けかけて、舌を甘く噛《か》んでしまい、黙る。ハッピーエンドならぬハッピーデッド。超理論の自覚はあった。そのハッピーデッドに、『文字の配達人』が該当するか否かもさておき。

しかし定本さんは、やけに腑に落ちた表情をしていた。

「そっか、やっぱり、そうだよね。わたしたちは、ストーリーを描いて生きてるんだ。人生はストーリー」

どうだか、と織合さんの独り言が聞こえたけれど、無視してやる。

「それで、よかったら、その」

あたしは原稿を指先で叩いた。

「一週間くらいで、読んでくれたら、すごく嬉しい」

月末の地方文学賞の締め切りに間に合わせたくて、と告げると、定本さんは慌てて首を振った。

「絶対に間に合わないよ。気の利いた感想も、言えないと思う」

「それでもいいよ。読み進められたところまででいいし、一言でいいから、意見がほしい。締め切りギリギリまでブラッシュアップしたいから」

「けどわたし、部活も再開したし」

「平日の夜は？」

「学校と塾の課題。寝る前はストレッチがあって、土日は塾と部活で」

「わかった。いいよ。これ、あげる。いつか読んでくれたら、それでいいから」

「あ、うん……」

定本さんが、不思議そうな顔であたしを覗き込んだ。

「何かあったの？」

「何かって？」

「今日、いつもより刺々《とげとげ》してるから」

「あぇ」

変な反応をしてしまった。

定本さんが『アトガキ』に来る前に、父親と母からそれぞれ留守電が入っていた。先に流した母の分だけ聞いて、双方とも消した。どうせ同じ用件だ。家族（崩壊寸前）会議の提案。出席するつもりはない。あたしが刺々しているとしたら、それのせいだ。

家族のことで、調子と機嫌を損ねたくない。あたしは表情や仕草で感情表現する人が苦手だ。言葉にしないと伝わらないことを知らない人間には、なりたくない。言葉を使う職業を目指しているからこそ。

「いや、うん、疲れてるかもね。ここ一週間、これの修正ばかりしてたから、寝不足かも。不機嫌に見えたらごめん。原稿、再来週の金曜日の夕方に、郵便局から発送するつもりだから、もしそれまでに一ページでも読めたら、感想をくれる？　定本さんをモデルにしてるから、不快な表現があったら直したいし」

最後に食らいつくと、定本さんは「わかった」と頷いた。どうせ頷くなら、最初からそうしてほしかった。

九月最後の水曜日の午後四時半、あたしは『アトガキ』で伸びていた。夏が突然終わり、急激に秋を迎えて、朝が寒く風が涼しい日だった。そんな季節の変化にやられたのだ。風邪の症状はないけど、身体がだるい。気分が沈む。

二週間かけて、原稿を丁寧に推敲した。言い回しの違和を解消して、漢字の表記ゆれを統一して、場面を増やしたり削ったりする。会話文や登場人物の描写も、くどくないように調整する。日中もずっと原稿のことを考えていたから、正直、最近の学校の記憶がない。授業を犠牲にしたおかげで、『文字の配達人』の完成度は確実に上がった。

これまでも何回か、有名な文学賞に応募してきた。最終選考に残ったことはないけど、一次選考を確実に突破できる時点で、優秀なほうだ。ネットの小説サイトに投稿している作品も、ランキングに入ったり、評価や感想を貰ったりするくらいだし、地方文学賞の応募は初めてだけど、もしかしたら受賞するかもしれない。最優秀賞：『文字の配達人』、作：タグイ（ペンネームだ）の文字が、ホームページに掲載されるかもしれない。

締め切りは今週金曜日。つまり明後日が原稿の発送日。最後まで原稿を磨くためにも、当日は学校をサボる。

定本さんから感想は送られてこない。あれだけ走る理由を探していたのに、見つからないまま周囲と時間に流されて、部活に復帰して、彼女は再び走り出した。先週の体育祭でも活躍したんだろう。あたしは自分の席でぼうっとしていたので、学年の優勝チームすらよくわかっていない。

定本さんにとって、『走れメロス』の読書体験は糧になったのだろうか。それとも、すでに本に見切りをつけてしまったのだろうか。できれば、ブラッシュアップ後の『文字の配達人』を渡したい。こっちを読んでほしい。これがあたしの全力。定本さんに渡した原稿より、きっともっといい作品になっているはずだ。でも押し付けがましいのは良くない。ひとまず、修正前の原稿の感想を待とう。

「夏休みの課題は終わったのか？」

織合さんの期待していない声が、頭の上から降ってきた。あたしはカウンターに突っ伏したまま返事をする。

「終わってると思う？」

「課題の存在を思い出させるための質問だ。体育祭はどうだった？」

「置物と化した。クラスに迷惑かけたくないし」

「動きたくないだけだろ」

「全員強制で運動とか馬鹿みたいだよね。全員強制の読書大会とかは開催しないくせに」

「何を競うんだよ」

あたしは顔を上げて、顎をカウンターに付けたまま、織合さんを見上げた。

「恭一郎は？　最近見ないけど」

「市立図書館。いまなら席が取りやすいからって。あいつが忙しいのは十一月頭までだから」

年末から二月末にかけては、受験を控える中高生で席が埋まってしまう。

カランカラン、とドアベルが鳴った。定本さんかと思って振り返ると、みえこさんだった。やけに早い帰宅だ。

「おかえりなさい。どうしたの？」

「作業が早く済みましたから」

「いまやってる仕事、いつ終わるの？　資料修繕って、発掘調査のアルバイトみたいなものでしょ？」

「そうですね。もうほとんど……年末までかな」

みえこさんは両手に買い物袋を提げていた。それを織合さんが受け取って、中身をちらと視認してから、カーテンの向こうに引っ込んでいく。食材だろう。

「そういえば、何の資料を直してるんだっけ。巻物？」

「川向こうの高台に、古いお寺があるでしょう？　その天井裏から文書が見つかって」

「あ、室町から江戸までの歴史書か」

去年の台風で屋根の瓦が飛んで、修理に立ち入ったら見つかったとか。

「それを修繕すると、何になるの?」

「資料になります。何でも遺すことが大切。いつか必要とされるかもしれませんから」

キッチンから冷蔵庫を開ける音が聞こえた。ポケットから染みひとつない白いハンカチを取り出して、額の汗を拭っていたみえこさんが、「生クリームはいつものところに」と声をかける。淑《しと》やかな声質だから、張っても迫力がない。

「類さん、また、お父さんとお母さんの電話に出なかったでしょ」

「着拒中」

「昨日、わたしのところにかかってきましたよ。今週金曜の午後一時半に、駅前のファミレスで、って」

「は?」

「重要な家族会議だそうです。平日のお昼だけど、そこしか都合がつかなかったんですって。学校にはお父さんが欠席の連絡を入れておくから、だって」

「いやいやいや」

親の事情で子どもに学校をサボらせるな。しかも金曜って、原稿の発送日じゃん。午前中いっぱいは最終確認に当てたかったのに、予定が狂う。ファミレスとか家族団欒《だんらん》の象徴でしょ。絶対に入りたくない。駅前のファミレスが入っている建物って、外壁工事中じゃなかった?

防音シートで窓が塞がれて暗いに決まっている。

「ここ、使えない？　重要な話なら、外でしないほうがいいし」

床を指して尋ねると、みえこさんは「金曜の昼間は、柊木さんがいらっしゃるから」と微笑《ほほえ》んだ。

「その時間、ずらしてよ」

「とっても大事な話があるんです」

「あたしの今後より？」

「ニュージーランドに移住しようと思ってるんですよ」

あたしはうまく呑み込めなかった。

「なに？」

「ニュージーランドに、移住しようと思ってるの」

「柊木さんが？」

「柊木さんと、わたしが」

「え？　なん、なんで？　ふたりで？　どういうこと？」

「正確には、柊木さんと、わたしと、わたしのお友だちと、そのお友だちのお友だちの四人で、一緒に住むことになりそうなの」

突然の展開に、頭がついていかない。移住？　海外に、友だち四人で？

「わたしのお友だちが、いまニュージーランドにいてね、現地の友だちと一緒に住んでるから、そこにお世話になるつもり。最初は一か月くらい遊びに行くつもりだったのに、いつの間にか長期滞在のビザを取ろうって話になって。四人とも実家はないし、両親も亡くなってるし、独身だから、見知らぬ土地で余生を過ごしてみましょうって」

「いつか、戻ってくるんだよね？」

「たぶんね」

「いや、みえこさん、まだ七十代前半じゃん。余生ってそんな、元気なうちにできることを、ってこと？　『アトガキ』はどうするの？　せっかく、人生のあとがきだとか言って名付けたくせに。だいたいそれって、みえこさんの今後はあたしにも関わることじゃん。あたし、ここに住んでるのに、高校とかどうするの？」

「類さんには関係ありませんよ。これからおばあちゃんふたりで英会話を習って、手続きして、いろいろ準備しなくちゃいけないから、移住は早くても再来年のこと。その頃には、類さんはとっくに高校を卒業してるでしょう？」

「浪人してるかもしれないじゃん。大学だって、就職先だって、ここから通えるところかも。そしたらあたし、出て行かないよ」

みえこさんは「え？」と驚いてみせる。

「小説家になるんじゃなかったの？」

あたしは言葉に詰まった。小説家なら、住む場所はどこでもいい。原稿を書く道具さえあればば。けど、小説家のなり方は、企業の採用試験とは異なる。なるつもりでも、なれる保証はない。

　パタンと冷蔵庫のドアが閉まる音がして、織合さんが戻ってきた。片手に麦茶の入ったグラスを持っている。それを「どうぞ」とみえこさんに差し出した。

「織合さんは、知ってたの？　ニュージーランドの件」

「今朝、電話で軽く」

「納得したの？」

「するも何も、止める権利はない。特段珍しいことじゃないだろ。むしろ尊敬してます。俺も、海外に移住したい気持ちがないわけじゃないので」

　ありがとう、とみえこさんは嬉しそうだ。

「織合さんは、すぐわかってくれたんですよ。人生のあとがきを書き始めたつもりが、本編を再開したくなったんです、って言っただけで」

「いつだって始められますよ。終わりが自由なら、始まりだって自由のはずだ」

　あたしは織合さんの腕を叩いた。

「なんで教えてくれなかったの？　仲間外れにしたの？」

「プライベートなことは、本人が打ち明けるまで話さない。間違ってるか？」

　正論だ。正論パンチ。頭を抱えるあたしの右肩を、みえこさんの細い手が軽く叩いた。

「本当は、今日の夜に時間を取って伝えるつもりだったんです。急に言われると、驚きますよね。ごめんね」

知らないよ。あたしだけ、蚊帳《かや》の外だ。

みえこさんが二階に上がってから、ピコン、とカウンターの上に置いていたスマホに通知が入った。あたしのスマホだ。相手は定本さん。横田先生との相談が長引いているので、今日は行けない、とメッセージ。正直、全然頭に入ってこない。

了解、と送ると、返信があった。

「少しだけ読んだよ」「小説」「五ページくらい」「すごくファンタジーだった」「魔法のお話なんだね」

そうだよ！　そう言ったじゃん！　と送りつけたい衝動を抑えて、あたしは「ありがとう。」と返信した。締め切りは明後日なのに、何の参考にもならなかった。


決戦と問題の金曜日。午前中に、徒歩十五分のコンビニで完成稿を印刷した。ゴウンゴウンと唸るプリンターの前で、排出される紙をそわそわと眺める。落ち着かない。コンビニのプリンターで長時間印刷する人は滅多にいないし、平日の午前中でお客さんが少ないとはいえ、いつ後ろに人が並んで急かされるかわからない。そろそろ店員に怪しまれそうだな、と思った矢先にプリンターが大人しくなった。

紙の束を取り出して、右上を大きなクリップで留めた。イートインスペースでページをめくって、印刷ミスがないか目を通した。大丈夫そうだ。文房具屋で買った丈夫な茶封筒に入れて、それをリュックサックに入れて、コンビニを出る。

『アトガキ』に戻ると、店内は静かだった。織合さんはまだ来ていない。あたしは奥のテーブル席に腰をかける。

水曜日の夜、改めて事情を説明してくれたみえこさんは、「進学するにしろ、就職するにしろ、一度ご両親と話し合っておきなさい」と真面目に言い聞かせてきた。有無を言わさない雰囲気だった。

定年退職後、故郷の街で、親族のスナックの居抜きをプチリフォームして始めた、小さなブックカフェ。みえこさんの人生の、あとがきの場所。あたしにとっては、オアシスみたいな場所だ。あたしが高校入学と同時にここに転がり込んだとき、みえこさんは狭い店内をひとつひとつ案内してくれた。そのときの満ち足りた表情を、いまでもよく憶えている。

みえこさんが『アトガキ』の集客を気にかけないのは、閑静な雰囲気が好きだからだと思っていた。もしかしたら、ずっと前から海外移住の計画を立てていて、そのうちお店を閉めるから、採算とかどうでもいいだけだったのかもしれない。ブックカフェは、ニュージーランドに行くまでの暇つぶしだったんだ。

そんなはずないって、わかっている。でも愚痴くらい言わせてほしい。同居人に断りなく決めるなんて！

同居人？　居候だろ？　ただのごくつぶしが良い御身分ですね。自分が自分に嫌味を返してきた。頭がごちゃごちゃして、複雑に絡まり合った怒りの矛先が見定められない。

移住だなんて、発想が突飛すぎる。そういう突飛さがあるから、みえこさんの人生は波乱万丈で、ドラマに溢れている。お見合いを迫られて家を飛び出して、夜間大学に入学して、働きながら勉強して、資格を取って、博物館に勤務して、技術を磨いて、全国津々浦々を転々として……。みえこさんのフットワークの軽さと、涼しい顔で淡々と物事をこなすところが、あたしは好きだ。崩壊寸前の家族から距離を取りたいと思ったとき、最初に思い浮かんだ避難先が、みえこさんのところだった。幼少期に数回しか会ったことがなかった印象最高の大伯母さん。

「ニュージーランドって……」

しかも柊木さんと移住って。

みえこさんらしい決断だから、憎い。あたしもついていっちゃだめ？　だめだよな。だめというか無理だ。同世代の友だち四人で過ごすなら、あたしは完全に邪魔者。

十二時半に織合さんがやってきた。あたしは原稿をチェックしていた。印刷物だから修正は利かない。心も晴れていない。それでも読み物が手元にあったら、読んでしまうというもの。

カチャカチャと機械のスイッチを入れてから、織合さんは店内をほうきで掃き始めた。

「結局ハッピーエンドにできたのか？」

「ハッピーデッド。でも展開は最高だから、悪しからず」

そういえば、とあたしはスマホを操作して、定本さんにメッセージを送った。「今日、小説を送ってくるね。モデルになってくれてありがとう。」アプリを終わろうとしたら、すぐに返信があった。「わかった」。味気ない返答だ。「授業は？」と送ると、少し間が合って、「早退」と返ってきた。「午後から病院」。『平日昼間に？』と送ると、「来月の地区大会」「出ることになって」「エントリーが今日まで」「だから」「病院で軽く相談」。さすが、陸上部のエースは違う。「膝、まだ痛むの？」と送信。「全然」「病院は今日で最後」「たぶん」と返信。「お大事に。」と送信。すぐに返信。「病院のあと」「行ってもいい？」「アトガキ」。

「行かなくていいのか？」

織合さんの声に、あたしは目線を上げる。壁掛け時計は、いい時間を示していた。深い溜息を吐いてから、定本さんに「いいよ。じゃあ夕方。」とメッセージを送って、のろのろと立ち上がる。

みえこさんが『アトガキ』を畳むから、あたしは次の居場所を本格的に探さなくちゃいけなくて、家族会議にも出席しなくちゃいけなくなった。すこぶる嫌だ。あまりの消極的感情に、早めに店を出て、駅前の郵便局で発送してから、ファミレスに向かうことにした。ファミレスに向かうついでじゃなくて、発送ついでにファミレスに向かうのだ、と自分に刷り込む。それでも億劫《おっくう》さに変わりはない。

重い腕を駆使して原稿を封筒に入れ直したところで、スマホが震えた。電話だった。表示された電話番号に顔を顰《しか》めながら、出る。

「はい」

「類？」

母だ。着拒は解除していた。期間限定で。

「今日のこと」

「わかってる。行くから」

「そうじゃなくて、三十分早く、駅裏の交差点まで来れる？」

「はあ？」

あたしは時計を見上げた。

「どういうこと？」

「ファミレスが臨時休業してるみたいで」

言われて思い出した。ファミレスが入っている建物は、外壁工事をしている。いつもはその防音シートの上から通常営業中の幕が垂れているが、ドアには近々臨時休業に入ると張り紙があった。今日に限ってハズレを引いてしまったらしい。

「してるみたいって、そっちが場所を指定したんだから、前もって調べといてよ。ファミレスが無理なら隣の和食にすればいいじゃん」

「あの人が相談もなしに予約を取っちゃったから。駅裏の、イタリアンの」

「……もしかして、コース料理の？」

「そう。個室。静かに話せたほうがいいからって、いまさら」

母はきっと車で、父親は電車で来ている。何事も先んじる父親がうんと早くに到着して、臨時休業に気づき、一方的にイタリアンを予約した。それを母に伝えた。呆れた母は、しかし下手ないざこざを避けたくて、すぐに承諾。あたしに連絡を寄越した。おそらくこの流れだ。洋食のファミレスが無理だったから、洋食のレストラン。いらない拘り。

「融通利かないな。そういうとこじゃないの？」

「どういう意味？」

「好きに取れば？」

はあ、と母の重い溜息に、あたしはつい息を詰めた。

「とにかく、一時に、駅裏の交差点で待ってるから」

電話が切れる。

一時。いまからバスで行って間に合うかどうか。郵便局に寄っている時間はない。最悪だ。あたしは引いていた椅子を元に戻して、リュックを背負って、織合さんがゴミをちりとりにまとめている横を抜けて、店を飛び出した。背後でドアベルの音が響き、遠のいていく。泣きそう。崩壊した家族が顔を突き合わせて会議しようなんて無謀を試みるから、トラブルが発生するのだ。あたしが焦る義理はない。機嫌を取る必要もない。向こうの不手際なのに、どうして振り回される側が走らなくちゃいけないんだ。

5

レストランで昼食を取って、病院に行って、チェーン店のカフェに寄った帰り道。パパに『アトガキ』の近くで降ろしてもらった。わたしは夏用の制服に通学鞄といういで立ちだ。朝はカーディガンをはおっていたけれど、いまは鞄に仕舞ってある。今日は昼間にぐんぐん気温が上がり、ちょっと汗ばむ陽気になった。季節外れの夏模様だった。

　後部座席から降りると、助手席の窓が開き、運転席からパパが日に焼けた顔を覗かせる。

「じゃあ、横田先生にはパパから連絡しておくから」

「うん」

「そのお店、どっちにあるんだ？」

「あっち」

　坂道の上を指すと、パパは目を細める。「今度連れてってくれよ。ママも一緒に」

「いいけど、ブックカフェだよ」

「無理に本を読まなくてもいいんだろう？　ネコカフェならまだしも、本は勝手にやってこないから大丈夫だよ」

　ママはネコアレルギーだ。そうだね、とわたしは返して、じゃあ、と手を振った。車が遠ざかっていく。

スマホに表示された時刻は、十五時四十七分。いつもなら、部活の準備を始めている時間。早退して病院に行って、授業に戻ることもできたのに、「ちょっとくらいサボってもばれないよ」とパパに誘われて、カフェに入って、期間限定スイーツを堪能してしまった。とても美味しかった。たぶん、パパが食べたかったのだと思う。

冷房の効いた『アトガキ』には、織合さんがいた。さっきまでお客さんがいたみたいだ。手前のテーブル席の上に、お皿とコーヒーカップが三セット残っている。

「いらっしゃい。それ、いま片付けるところだから」

織合さんは、カウンターでグラスを拭いていた。アイスドリンク用のグラスだ。カウンターの上にコースターが残っている。ここにもお客さんがひとり座っていたみたい。

「今日、明戸さんが小説を送る日なんです」

「ああ、類はそのうち戻るよ。カフェラテでいい？」

「アイスでお願いします」

わたしはカウンターの端に座って、スマホを取り出し、明戸さんとのトーク画面を開いた。

『アトガキ』に到着したよ、と送信。

明戸さんがくれた分厚い原稿は、家のデスクの上だ。読もうとして、文章が二段になっていて、文字が詰まっているから、どうしても一ページめくるたびに「うっ」となって、やめてしまう。「小説を読もうとしてるんだけど……」とぼかして佳穂に伝えたら、「活字に耐性がないね」と笑われた。

「理由は、見つかった？」

テーブル席のお皿を下げた織合さんが尋ねる。わたしは首を振った。「わからないまま走ってます」

「わからなくても走れそう？」

「走れてます。理由は走ってるうちに見つかるって、顧問の先生が。だから考えながら走ってます。でも全然答えにたどり着けない。そもそもわたし、考えることが得意じゃないんです」

誰しも自分の特徴を理解しながら、はっきりとした動機で進む先を決めている。パパやママもそうだった。どうして陸上を選んだのか尋ねたら、すらすら出てきた。「駅伝に憧れて」「オリンピックに出たくて」「金メダルがほしかった」「部活顧問の先生が支えてくれた」。叶わなかった夢もあるなかで、走ることとの意味とストーリーを、ふたりはちゃんと持っていた。だから走り続けることができた。わたしには理由がない。自分の人生にストーリーがない。いまの状態でスポーツ推薦を使って大学に進学して、陸上を続けても、いつかどこかで行き止まりになってしまう気がする。何かの拍子に選手生命が断たれて、走りを失ったとき、手元に何も残っていなかったら？　ただ走ってきただけ。取柄がひとつだけ。それって、すごく怖いことじゃないの？

「一貫した理由があればなぁって思います。すべての始まりの動機みたいな、それがあるだけで強くなれるような、指針になるような」

「初志貫徹や原点回帰は、初志や原点がないと不可能だな」

わたしは頷く。「根っこがないと、ぐにゃぐにゃして迷って無駄な時間を過ごしちゃう」いまのわたしみたいに。

わたしが悩んでいることを打ち明けても、横田先生はあっけらかんとしていた。悩むことぐらい誰にでもあるぞって感じで。

「大人って、物知りで順調に見えます」

織合さんがふっと笑った。わたしの前にカフェラテを置いて、

「数年余計に生きてる分、経験豊富に見えるだけだ。過去をかいつまんで話すから、順風満帆にも見える。俺だって、就活のときは悩んで凹んだよ。自分には主体性がないんじゃないかって。卒業研究のテーマを決めるとき、似たようなことを教授に指摘されて、ますます悩んだ。……これ、恭一郎には内緒な。絶対に揶揄ってくるから」

たしかに、恭一郎くんが好きそうな話題だ。一か月くらい会っていないな。元気かな。

「大人の俺は実体験から、定本さんにこうアドバイスできる。〝主体性があると、何事もブレずに決断できる〟。でも大人の定義は人によるし、他人の人生は他人の人生だ。感じ方は、人それぞれ。悩み方も人それぞれ。定本さんには、『走れメロス』は無効だった？」

頷くと、「素直だな」と言われた。「学びは得られた？」

「……学び取りたいなとは、思ってます」

「無理に何かを得ようとしなくていい。アドバイスはあくまでアドバイスで、小説はあくまで小説だ」

頷きづらかった。明戸さんは、小説は万能だって言っていた。読書家に憧れているわたしも、そう期待していた。まだしている。『走れメロス』はどうにも合わなかった。合わなかっただけかもしれない。いつか運命の小説と出会って、人生が変わるかもしれない。蓼科先生みたいに。「わたし、それでも、読みたいです」

「昔から、本を読む人になってみたくて。国語が苦手で、文字を読むと眠くなっちゃうから。小説に救われている人って、かっこいいな、って思う。蓼科先生とか、」

ああ、と織合さん。「蓼科ね」

「知り合いですか？」

「同級生」

「ええっ」意外なつながりだ。

「言ってなかったか。俺が本の修繕方法を探してたとき、事情を知った蓼科が、類に声をかけてくれたんだ。類が、文化財修復技術者をしていた身内がいるって話をしていたらしくて、そこからみえこさんに話が伝わった」

そうだったんだ。以前、「知り合いの知り合いがみえこさんだった」って話をしていた。蓼科先生、明戸さん、その先がみえこさんだったんだ。

あれ？　知り合いの知り合いの知り合い、が明戸さんだったような。うん？

「じゃあ定本さんは、類のことも、かっこいいと思うんだな」

わたしは頷いた。「本をたくさん読んでてすごいです。小説家になるって決めて、小説を書いてて、すごい。わたしをモデルに小説を書いて、完成させて、しかもコンテストに応募しようとしてて、もっとすごいと思います」

わたしは、走れるから走っている。部活に所属して、勧められた大会に出ている。明戸さんは、自分で決めたことを、ひとりで実行している。誰に流されるわけでもなく。まさに主体性がある。「あ、でも、明戸さんが小説家になりたい理由ってなんだろう」

「定本さんは、理由に拘るけど」織合さんはふと布巾を折り畳んで、カウンターを端から拭いていく。「理由がないことだって、この世にごまんとある」

「そうかもしれません。でも、理由や意味がほしいです」

「これは、三十分前までここにいた恭一郎が言っていたことだけど」

「はい」恭一郎くん、来てたんだ。「なんて言ってたんですか?」

「走る理由が見つからないなら、走ることを理由にすればいいのにね。〝走る〟を下《しも》の句にするんじゃなくて、〝走るから〟を上《かみ》の句にしちゃえば」

〝走るから〟を上の句に……。上の句って、百人一首とかの?

「なぞなぞですか?」

「とんちっぽいよな。真理に近いのか遠いのかわからない、あいつらしい言い回し。できる理由や続ける意味を探すんじゃなくて、自分がいまできることを探す。逆転の発想だ」

逆転の発想。

わたしはカフェラテを一口飲んだ。

バイブレーションの音がして、織合さんがお尻のポケットからスマホを取り出した。スワイプして耳に当てる。電話だ。

「はい」

かすかに漏れ聞こえた声は、泣いているようだった。織合さんが一瞬眉を顰《ひそ》め、わたしを見た。「落ち着け。もう一度、ゆっくり」とカウンターから出てきて、「座ってたところか」とお店の奥のテーブル席に向かう。椅子を引いて、「ないぞ」と答えた。「ない。ほんとにここにあったのか？　リュックのなかは？」

「探したよ！」と、わたしにもはっきりと、電話越しの叫び声が聞こえた。「そこしか考えられない！」明戸さんだ。わたしは黙って成り行きを見守る。

「でも」と織合さんは、困り顔でテーブルの下を覗く。周囲の椅子の上や、棚の上を探して、「ここには、ない」そして、はっと息を呑んだ。「ちょっと待て。わかった、折り返す」

織合さんは通話を終えてから、すぐ別の人にかけた。

「あ、恭一郎か。おまえいま、どこ？　封筒を知らないか？　原稿が入ってる。……はあっ？」

織合さんの声が、ひっくり返った。

「おまえ、なんでそんな……何？　約束？　だからって……今日発送しないと間に合わないんだよ。そう。締め切り。駅前の郵便局まで届けられるか？　自転車あるだろ。……じゃあ走れ。持っていけ」

話が見えた。大変なことが起きている。ここから駅まで徒歩四十五分。郵便局は午後五時まで。壁掛け時計は、四時三十分を過ぎたところ。

わたしは席を立ち、織合さんの背中を叩いた。

「スマホ、貸してください」

電話を替わる。

「恭一郎くん、定本です」

ばたばたと音を立てながら、返答がある。「定本さん、久しぶり」ガチャ、バタン、ガチャ、カチャン。ドアの閉まる音に、鍵を閉める音。「ごめん、いま話してる余裕ない。僕がやらかしちゃったから」

「間に合いそう?」

「どうだろう。あいにく、自転車は親が使ってる。走るしかない」焦っているせいか、すでに息が上がっている。

「『アトガキ』の前って、通る?」

「何?」

「『アトガキ』の前」

「通るよ。坂の下」

「わかった」

わたしは織合さんにスマホを返した。夏服のリボンを外して鞄に入れて、スニーカーの靴紐を結び直す。

「鞄、置いていきます」

『アトガキ』を出た。外は眩しい。坂の下で待機していると、へろへろの恭一郎くんがやってきた。片手に分厚い茶封筒を抱えている。「ごめ、よろ、」と息も絶え絶えに差し出されたそれを受け取って、わたしは走り出した。

九月末。気温は平年より高い。陽射しはまだ強い。空気が肌にまとわりつく。ペース配分を考えている暇はない。距離の概算もできていない。徒歩四十五分って、何キロだろう。三キロだったらいいな。いつも大会で走っている距離だ。三キロなら、十分かからない。間に合うはずだ。でもわたしがいま走っているのは街中だ。ロードレースの経験は浅い。信号待ちがある。止まると呼吸が乱れる。できればノンストップで行ける最短距離がいい。どこを通ればいい。角を曲がる。車に気を付けて。

住宅街のまっすぐな道に出た。車一台が通れる幅の道路。フォームを保ったまま、徐々にスピードを上げる。風が生ぬるい。汗が滲む。首から胸にかけて熱を帯びている。スカートが邪魔だ。踵《かかと》が裾に引っ掛かる。膝に痛みはない。建ち並ぶ住宅を、ぐんぐん追い抜いていく。紙の束って重たい。角を曲がる。似たような住宅街だ。アパートの脇を抜ける。駅前に続く幹線道路に出たい。この道の先だ。人通りが多いと嫌だな。走りの邪魔になる。身体が重い。体力が落ちている。間に合わせたい。間に合え。汗が頬を伝って顎から落ちていく。拭っても追いつかない。ポニーテールが左右に揺れている。背中が熱を帯びている。

突然、体が軽やかになった。脚もすいすい、漕ぐように動き始めた。呼吸が気持ちいい。リズムは一定。振動は柔らかい。わたしは笑っている。大丈夫だ。怪我をする前と同じ。何も変わらない。きっと間に合う。間に合わせてみせる。角を曲がって、幹線道路に合流する。人通りはある。でも止まれない。行くしかない。止まりたくない。そういう生き物みたい。羽みたい。風に乗って、飛んでいけそう。背中を空気の塊に押された。ビル風だった。そんなことしなくてもわたしは走る。どこまでも行ける。足裏が地面を捉える。嬉しい。駅前が近づいてくる。距離が縮まっていく。遮るものはない。郵便局の看板が見える。その下で明戸さんが、スマホを額に当てて願っている。

「明戸さん！」

ぱっと顔を上げた明戸さんは、半分くらい泣いていて、半分くらい驚いていた。

郵便局は、まだ開いていた。

封筒を渡すと、明戸さんは郵便局に飛び込んだ。ガラスの壁の向こうで、受付正面のシートに置いてあったリュックサックから別の封筒を取り出して、そっちに原稿を入れ替えて、封をした。あらかじめ、宛先を書いておいたのだろう。わたしの持ってきた封筒は、汗と風でしわしわのふにゃふにゃになっている。

わたしは郵便局の庇《ひさし》の下でしゃがんで、次々垂れてくる汗を拭った。気持ちの良い汗だった。シャツをぱたぱたと煽ぐ。駅前広場の時計は、四時五十二分を示している。

窓口で発送して、頭を下げてから、明戸さんは外に出てきた。

「ありがとう。何か、えっと、水分。ジュース、買ってくる」明戸さんの目元は腫れている。

「リンゴ？　オレンジ？　あっ、スポーツ飲料？　リクエストある？　氷とか」

「アクエリで」

「わかった」

リュックサックを背負って、明戸さんは近くのチェーン店の薬局へ入っていった。わたしは引き続き、火照りが治まるのを待つ。さいわい、郵便局周辺のお店から冷気が流れ出ていた。

「これでよかった？」

薬局から出てきた明戸さんから、アクエリアスを受け取る。キャップを開けてすぐに飲んだ。冷たさが身体に染み渡っていく。

頭がゆっくりと冷えて、わたしは明戸さんを見た。

明戸さんは、わたしの様子を心配そうに窺っていた。「だ、大丈夫……？」

わたしの頬は勝手に緩んだ。「おいしい」

バスで『アトガキ』に戻ると、カウンターには織合さんがいて、その正面に座っていた恭一郎くんが、立ち上がって頭を下げた。

「ほんっと、ごめん」

わたしの後ろで、明戸さんがわざとらしく「あーあ！」と声を上げる。「どこかの誰かのせいで、定本さんが走る羽目になった！　膝を痛めてるのに！」

「えっ」恭一郎くんが、慌ててもう一度頭を下げる。「ほんと、ごめん！」

「もう治ってるから、気にしないで」

「なんだ、よかった」

「よくない！　泥棒！」

明戸さんはリュックを奥のテーブルに置いて、どかりと座った。わたしは空になったペットボトルを通学鞄に入れて、ハンドタオルを取り出す。帰ってくる途中の上り坂で、また汗をかいてしまった。

「いや、だってさ」恭一郎くんがぽつぽつと言う。「僕がさ、明戸さんの小説を読みたいから、かっこいい渡し方で読ませてって頼んだでしょ。それにほら、封筒に入れて渡してよ、って。だから、カフェで封筒を見つけて中身を覗いたときに、ピンときちゃって」

「そんなしょうもない理由で窃盗を？」

「だって……そっちが置き忘れただなんて、思わなくて」

「読ませるなんて言ってないけど？」

「言ったよ。気が向いたら、って」

「じゃあ言ってないじゃん。事実、気は向かなかったんだし」

「恭一郎」織合さんが口を挟んだ。「おまえが全面的に悪い」水の入ったグラスがカウンターの上に置かれる。「これ、ほら」

「わかってるよ」恭一郎くんが、グラスを持ってきてくれた。「でも、理由を知っておいてほしいでしょ。僕だって、思いつきで持ち帰ったわけじゃないんだ。嫌がらせするつもりもなかったんだよ。盗んだつもりも、本当に、全く、なかったの。むしろ、すごく読むのが楽しみで、嬉しかった。口約束を真に受けた僕が悪いの？　にいちゃんもそう思う？」

「理由はどうであれ、行為が悪い。結果、類は困ったんだ」

「そうだ。この世の終わりかと思った。責任を取れ」

「取ります。何でも注文していいよ」

「オレンジジュースとガトーショコラ。定本さんは？」

「わたしはいいよ」

「よくないよ！」「よくない！」明戸さんと恭一郎くんが同時に言った。わたしはテーブル席に着いていたので、正面と横から非難の声が飛んでくる。「定本さんが届けてくれたおかげで間に合ったんだから」「そうだよ。僕の代わりに走ってくれた」「遠慮とかしなくていいから！」「僕だったら確実に間に合ってないよ」

わたしは勢いに負けた。「じゃあ、カフェラテ。飲み損ねちゃったから」

「アイス？」

「うん」

「デザートは？」

首を横に振る。

「以上で」と明戸さんが片手を挙げて、「はいはい」と織合さんがキッチンに引っ込んだ。カチャカチャと音がする。

「ほんとにデザートいらないの？」明戸さんの目つきは力強い。「恭一郎の財布なんか、心配しなくていいのに」

「違うの。すごく、いい走りができたから」

「おかげで間に合いました。ありがとう」恭一郎くんが両手を合わせて、わたしを拝み始める。

「さすが、土壇場に強いね」

「あ、褒めてもらいたかったわけじゃなくて……」

走ったことをアピールした感じになってしまった。そうじゃないんだ。単純に、楽しかった。走っている間、理由や意味に悩むことも、このまま陸上を続けていいのかなぁって考えることもなかった。間に合わせたい一心だった。そして間に合った。原稿を明戸さんに届けることができた。封筒を渡したときから、ずっと、身体が軽い。心も軽い。封筒と一緒に、悩みの種も手放したみたいに。

タイムリミットがあるなかで、友だちのために走る。これが、メロスが体験した気持ちだったのかもしれない。でも、走った距離も、走る理由も、途中経過も、メロスとわたしでは、まるで違う。わたしは実際に走った。メロスはフィクションで、わたしは現実だ。一編の物語ではなく、一度の走りが、わたしを元気にした。走ること以外、何もいらなかった。

「恭一郎」

織合さんがカウンターから呼んだ。オレンジジュースのグラスと、アイスカフェラテのグラスと、ガトーショコラの載ったお皿が、カウンターの上に置かれていく。それを運んでくれた恭一郎くんは、テーブルの上に代金を置くと、「僕、そろそろ撤収します。ほんとにごめんね」とお店を出て行った。

わたしは改めてカフェラテを飲んだ。どうしてか、さっき飲んだ一口より、さらに美味しく感じられた。

オレンジジュースを飲んだ明戸さんが尋ねた。「柊木さんって来た?」

織合さんがグラスを片付けながら答える。「延期になったらしい」

「え? みえこさんは?」

「予定がなくなったから、買い出し」

「じゃあここ使えたじゃん。なんだよ、どいつもこいつも急に変更するんだから」

「何かに使う予定だったの?」とわたし。

明戸さんは口をもごもごさせた。「別に、いろいろ。いいじゃん、プライベートなこと訊かないでよ」

「ごめん」

「それより、本当にありがとう。とても助かった。膝に痛みとか、ない? 本当に大丈夫?」

わたしは「ないよ」と答える。自分でもびっくりするくらい、穏やかな口調になっている。

「わたし、明戸さんのためなら、走り出せた。封筒を届けることが、理由になってくれた。根っこの理由は探さなくていいのかも。わたしは蓼科先生とは全然違うタイプで、フィクションの良さもよくわからないから」

明戸さんの眉間にしわが寄る。「何の話?」

「逆転の発想だよ。〝走る〟を上の句にするんだって。走る理由を探すんじゃなくて、走ることを理由にする。走ることしかできない、で終わるんじゃなくて、走るからできることを見つけていく」

口に出せば、それはするするとわたしのなかに吸い込まれて、すとんとお腹の底に落ち着いた。

自分の生き方に友だちを巻き込んで、命を懸けて、英雄になって善を証明するのは、フィクションの世界ならではだ。どこかの誰かの、わたしには関係のない、遠い作り話。

「小説は、わたしには、必要なかったんだ」


十月に入って、とうとう残暑が消えた。今日はよく晴れていた。秋空は青くて高い。涼しくなった校庭の隅の紅葉は、そのうち見頃を迎える。あの下でお弁当を食べるのが、わたしは好き。

タータンの上でアキレス腱を伸ばしていると、横田先生がバインダー片手に近寄ってきた。

「エントリーしておいたぞ」

地区大会のことだ。十月末に、市の陸上競技場で行われる。わたしにとっては復帰戦になる。

「佳穂は、次の大会は出るんだよね?」

横田先生が去ってから、隣で腿の裏を伸ばしている彼女に尋ねると、「そうだねー」と返答がある。

ついさっき、佳穂が「話があるんだ」と隣にやってきた。ストレッチがてら聞いてほしい、と前置きしてから、

「高二の十二月いっぱいで、陸上部を引退しようと思ってる」

珍しいことではなかった。スポーツ科では、退学や転校を希望する人が毎年ひとりかふたりいる。何かの理由でスポーツを辞める。大学でスポーツをする予定がない。受験勉強に身を入れたい。理由は様々だ。スポーツ科に在籍していても受験対策はできるけれど、転科制度を使って、普通科に移る人もいる。そのついでに、部活を早期引退する。

「前から自分の限界を感じてた。インターハイもギリギリ行けなかったし」

佳穂は座り、足の裏を合わせて　股関節のストレッチを始めた。

「獣医になりたいんだ」

将来の夢については、以前聞いたことがあった。飼っていたイヌが病死して、泣き喚《わめ》いたことがあると。

「陸上は楽しいからやってて、ありがたいことに怪我も挫折もストレスもないけど、家計的に浪人は厳しい。うちは一人親で弟と妹もいるから。奨学金もできれば受けたくない。大学卒業と同時に借金背負うのは、無理すぎるでしょ。だから現役合格で、入学金と授業料の免除目指して、勉強を頑張るしかない。早めに部活を引退して、受験勉強に力を入れるつもり。コスパ

とタイパ重視で」

「転科するの？」

「ううん。いまのクラス気に入ってるから、学校と塾で頑張る。運が良かったら給付型も貰えるかもしれないし」

「大学では陸上続けないの？」

「そんな余裕ないよ。バイト三昧になるだろうし、獣医学部って忙しいらしいし」

優先順位の問題だ。佳穂は陸上より、将来の夢を大切にすると決めた。

「駅伝で最後の予定だから、今年中はよろしくね」

笑顔で言われて、わたしも笑顔で「もちろん」と返した。

グラウンドの奥でピッと笛が鳴って、百メートルハードルの選手たちが一斉に駆け出す。

わたしは背中を伸ばした。「他の目標を探すことにしたんだ」

胡坐《あぐら》を組んだまま上体を前に倒していた佳穂が、顔を上げた。「なんて？」

「他の目標があったほうがいいのかなって思って、自分にできることを探してみようかな、と。わたしは走ることしかできないなぁって悩んで、いろいろ考えて、走ることができるから、できることがあるはずだって思えたから」

「なるほど。いいじゃん。得意を活かすってやつね。風香ならきっと、どこまでも走って行けるよ」

「行けるかな」

「行ける。風香の走りは、かっこいいよ。見てて憧れる。オリンピックとか、世界陸上とか、風香なら行けると思う。その姿に元気を貰う人はいるよ。ここにひとり、確定で」佳穂は親指で自分を指した。「将来、風香が走ってきたことを後悔したら、あたしのせいにしていいよ。佳穂のせいで走り続けてきちゃった！　って、あたしに連絡ちょうだい」

そこまで言ってくれるなんて、嬉しい。「でも佳穂は陸上辞めちゃうんでしょ？」

「風香の背中と同じくらい、愛犬の背中を追いかけてるんで」

べたーっと地面に上体を倒しきって、佳穂は「あー」と脱力した。わたしも座って腿を伸ばす。

グラウンドで、選手の足に引っ掛かったハードルがひとつ倒れた。パタンと音がする。フィニッシュラインまで走り切った選手が戻ってきて、それを起こした。ピッと笛が鳴って、次の選手たちがハードルを飛び越えていく。フィニッシュラインに部員が立っているから、タイムを測定し合っているみたいだ。

「ごめん、話、逸れちゃったね」佳穂が身体を起こした。「でも、走るからできることって、観客に勇気や元気を与えることじゃないかな。まさにスポーツの力ってやつ。他にも、世界記録に挑戦して人類の限界に挑むとか、健康的な生活のために自己研鑽《けんさん》するとか、たくさんありそうだよね。風香は、目標とか、やってみたいことはあるの？」

「伴走ランナーとか」

「風香が？」佳穂の声がひっくり返った。「本気？」

「どうして？」

「だって風香って、他人に合わせて走らないでしょ。練習中も、大会中も、何を言われても自分のペースじゃん。応援されても指示されてもスピード上げないし、外周中も気分でスピード落とすし、並んで走ってたのに独走し始める。超マイペース人間だよ」

「そんなに？」

「無自覚かー。そういうところ、好きだけどねー」佳穂は体側を伸ばし始める。

ピッと笛が鳴って、走り出した選手たちが次々ハードルを飛び越えて、フィニッシュラインを抜ける。今回はひとつも倒れなかった。次の笛が鳴る。

「えっと、ごめん」控えめに、佳穂が言った。「ほんとに、無自覚？」

「無自覚」

「マジか。ならなおさら、風香がサポートで走る姿は想像できないなぁ。他にないの？　走る仕事」

「飛脚とか」

「荷物を届ける人だよね」

「そう。いまはない仕事」

「ないのかぁ」佳穂が立ち上がった。両手を突き上げて、ぐっと伸びをする。「要検討だね。話変わるけど、横田先生、結婚するらしいよ」

「えっ、おめでたい。いつ？」

「近々。塾の友だちから聞いた。相手は西高の先生で、去年から陸上部の顧問。ショウジって苗字」

大会で聞いたことのある名前だ。「どんな字?」

「東の海の林で、東海林《しょうじ》」

「かっこいいね」

「ね。年明けから、横田先生じゃなくて東海林先生になるんだってさ。曲がり角でぶつかって、東海林先生が一目惚れして、そのあと大会でばったり再会。そこからアプローチ、交際、結婚。運命的な出会いじゃない? ドラマはどこにでも転がってるんだねぇ」佳穂は空を仰ぐ。「もし横田先生の人生をテーマにした映画があったら、出会いはじっくり描かれるんだろうな。たくさんエフェクトかけてさ」

「そうだね」わたしは手首と足首を回し終えた。「外周してくるね」

「急に?」

「ストレッチ終わったし、いい天気だから」

そういうところだよ、と笑われた。

十月中旬になった。明戸さんから預かっている郵便屋さんの小説が読めないまま、中間テストが終わって、文化祭が終わり、グラウンドの紅葉が色づきだした頃、図書室と司書室の内装工事が終了した。そのことを、国語の授業終わりに蓼科先生が教えてくれた。クラス全員へ向けてのアナウンスだった。

「綺麗になって、自習スペースも増えたので、ぜひ活用してください」

各々が「はーい」と返事した。でもみんな、秋季大会や新人戦で忙しい。スポーツ推薦を使おうと躍起になっている人、塾に通い始めた人、進路に悩んで相談室へ通う人、就活の準備を始める人。みんながそれぞれ、将来を考えている。先生たちが授業中に「受験対策」と発言する頻度も増えている。

水曜日の放課後、司書室を覗くと、蓼科先生がいた。明戸さんはいなかった。

司書室の壁は白に塗られ、書架が新設されていた。床に段ボール箱はひとつもなく、小物はスチールの棚にすっきり収まっていた。清潔感がある。

「『走れメロス』は、読めましたか?」本にシールを貼りながら、蓼科先生が尋ねた。「どうだった?」

「よくわからなかったです。遠い世界の、架空の話だったから」

そうですか、と蓼科先生は穏やかに言って、分厚い本の背表紙をぐっと押し付けて、バーコードのシールをぐりぐり押す。

『アトガキ』で似たようなことを明戸さんに伝えたとき、明戸さんは眉をひそめて、口元を歪めて、嫌いなものを目の当たりにしたような、残念そうな表情をしていた。わたしも残念ではあった。明戸さんや柊木さんや蓼科先生みたいに読書を楽しみたい、という気持ちは、本当だったから。

「わたし、小説を読む人に憧れていて、かっこいいなって思ってます。読書家は、普段からいろいろなことを考えている人だと思うから、自分もそうなりたくて」

先生は小さく笑った。「幻想だね」

「幻想?」

「だって、たかが本です。されど本かもしれないけど、それでも、所詮は本」

所詮は、本。

「人生はストーリーって」

わたしが妙なところで区切ったからだろう、先生が顔を上げた。「はい」

「思いますか?」

「どうでしょうね。考えたことないな」

「しっくりきますか?」

「全然。定本さんは、好きな服のブランドは、ありますか?」

「ないです。シューズなら、あるけど」

「系統でもいいですよ。かっこいい系、かわいい系、パステルとか、色でも」

「シンプルな服が好きです」

「いいですね。先生は、物心ついた頃からレースが好きです。西洋のお人形さんが着ている、フリルとレースのドレス。大学生のとき、衣装をレンタルしてそんな格好をしてみたんです。そうしたら、これが全然似合わない。卒業式の袴のほうが合っていました」

蓼科先生の顔つきだと、着物のほうが映えそうだ。「似合わなくても、自分らしい格好をすればいいと思います」

「もちろんです。ただ、着たい服や好きなものが、自分に合うとは限らない。読書だって、同じ。憧れの対象と相性が悪いなんてこと、ざらですよ」

「そんなもんですか？」

「そんなもんです」

先生は少し間を空けた。ふむ、とひとりで相槌を打った。

「でも、定本さんの言う通り、人生がストーリーなら、いつかドラマチックな大どんでん返しが起こるかもしれませんね。いまは伏線を張っている状態か、布石を打っている状態か。なるほど。うーん。それはすごく、つまらないな」

「どうして？」

「先生は、いまの楽しさを大切にしたいから。定本さんはしっくりきますか？〝人生はストーリー〟」

わたしは、うまく答えられなかった。

自分にストーリーがほしいと思った。でも、走る理由が見つからなくても、走ることはできる。走ることを理由にすることだってできる。わたしには小説が必要なかった。わたしの走りに物語はなくてもよかった。本当に、人生はストーリーなのだろうか？織合さんが言っていたように、理由のない物事もあるはずだ。ストーリーにならないことも、たくさんあるんじゃないかな。

　ピコン、とスマホに通知が入った。明戸さんだった。「今日来る?」とメッセージが見える。明戸さんは、どうして小説を書いているのだろう。どうして人生はストーリーだと思ったのだろう。わたしは、架空の物語より、読書家である明戸さんのことを知りたい。聞きたい。初夏の帰り道や『アトガキ』で、明戸さんがわたしに質問してくれたように。

　行くよ、と送るつもりでアプリを開きかけて、通知欄に次々表示されるメッセージに、手が止まる。

「忙しいなら、無理に来なくていいよ。」「定本さんモデルの小説が書き上がったから、期間限定の友だちは解消するね。」「陸上の邪魔してごめん。公募の結果がわかったら知らせます。発表は二月の頭です。」「いままでありがとう。」

　明戸さんの不機嫌な表情が、メッセージと一緒に浮かんで、消えていった。

6

あたしの努力は水泡に帰した。定本さんは、走る理由探しをやめてしまった。小説やフィクションの面白さが理解できないまま、読書をやめてしまったのだ。「小説は、わたしには、必要なかったんだ」とか言って。どうせ『文字の配達人』も読むつもりがないのだろう。ハッピーデッドでも定本さんの理由になればと思いを込めて書いたのに。だいたい小説の良さがわからないって何？　『走れメロス』が合わなかったからってなんだよ。定本さんに受容体がなかっただけじゃないか。フィクションの力を舐めるなよ。いまもどこかで、世界の片隅で、小説は誰かの命を救っているんだ。創作は偉大で至高なんだ。小説が無力であるような物言いを、あたしは断固拒否する。否定する。批判する。反駁《はんばく》する。

腹が立つ。

「類さん、ご飯」

ドア越しにみえこさんが告げた。あたしは天井を睨みつけていたので、返答に不機嫌が混ざってしまった。いや、それだけじゃない。ついさっき、小説を書いていたら、父親からの電話に邪魔された。

先日返ってきた中間テストの結果は、散々だった。いつものことだ。しかしどんな点を取っても、体育の成績よりマシだ。あたしの最低ラインはそこ。体育より評価が高ければ、健闘したことにしている。あたしの基準や学力について、みえこさんはとやかく言わない。放任主義だから。でも父親は違う。「どうだった？　平均点より取れたか？」と訊いてきた。高校のホームページで、年間スケジュールを調べたらしい。無視したら「もう一度家族をやり直さないか」と言われたので、通話を切った。何もわかってない。離婚は成立した。あたしの親権は母が持っている。いまさら歩み寄りの姿勢を見せても、時すでに遅しだ。

「あたし、卒業までここにいるから」

食卓に着いて言うと、みえこさんが「お好きにどうぞ」とたくあんを白米の上に載せた。あたしは味噌汁を啜《すす》り、迷い箸をしてから、すぐに置いた。

「卒業してからも、ここにいる。ブックカフェを継ぐ。受験はしない。就活もしない。公募の原稿を書きながら、カフェを運営する」

「ひとりで？　経営の知識もないのに？」

「それは、そうだけど」

「あのね類さん」

みえこさんも箸を置いた。

「焦らなくていいから、まずは自分を広げるためにも、企業に就職するなり、進学するなり、してみたらどう？　せっかくお父さんが学費を出してくれるんだから」

「あいつに頼れって言うの？」

「使えるものは使っておくんです。子どもの立場を利用して、処世術を身に付ける」

「そんな、詐欺師養成所みたいな言い方」

「賢しく生きるために、視座を高めておくのも大切ですよ」

「フィクションでは学べないことがあるから？」

皮肉で言ったのに、「その通り」と返されて、あたしは閉口する。

「ブックカフェのオーナーが、フィクションの可能性を否定していいの？」

「否定はしてませんよ。わたしが言っているのは、誠実さや正しさばかりでは、うまくいかないときがあるってこと。あくどさやずるさを知り、その使いどころを見極めるってことです」

「悪い人になれってことじゃん」

「あくどくてずるいことをする人が、悪い人ではありませんよ。人柄と行為は別です」

意味がわからない。大人は無茶苦茶だ。いい子になれとか、他人に迷惑をかけるなとか学校で教えておいて、あくどくてずるくあれって、ダブルスタンダードやめろよ。反論しかけて、お腹が鳴った。箸を持つ。メインはとんかつだ。

「定本さんは最近、お店に来ませんね」

みえこさんが言うので、あたしはとんかつを頬張って応える。

「忙しい人だから」

「寂しいですね」

「全然」

友だち解消のメッセージを送って、あたしが突き放した。定本さんがフィクションや小説の価値を正しく理解していないことに加えて、あたしに興味を抱いている気がしたからだ。会話の切り出し方や運び方で、なんとなくわかる。どんな話題で身を乗り出したか。話のどこに耳を傾けているか。そうやって詮索してこないところが、付き合いやすくてよかったのに。

「畑が違うんだから、長続きするわけないでしょ。そろそろ潮時だったんじゃない？」

みえこさんは「そう」としか言わない。


白い壁に囲まれた眩しい司書室へ行くと、蓼科先生がいた。入荷した本に黙々とラベルを貼っている。図書室の棚が大きくなって、開架スペースが増えたので、一般向けの科学や人文に関する書籍を大量に入れたらしい。図書室と司書室の間には受付窓が設置されて、そこから覗く自習スペースには、生徒の頭が並んでいる。

「図書室が勉強スペースになりましたね」

「利用者が増えました。いいことです」

蓼科先生は顔を上げずに応えた。

司書室も改修工事で別物に変わってしまった。あの良き閉塞感は、微塵も残っていない。学校でいちばん居心地の良かった場所は、他所《よそ》の顔になってしまった。新しくなること、利用者が増えることのしわよせは、確実に存在する。清潔感に魅了された図書委員も仕事をするようになったらしく、返却本のカゴは空になっている。どうせ新しいノートの最初だけ綺麗な字で板書を書き写すみたいに、次第に雑になっていくに違いない。それでも委員活動の邪魔にならないよう、あたしは二十分ほど教室で時間を潰してから、ここに来ている。

奥のテーブルに鞄を置いて、テキストを取り出した。教室で時間を潰しがてら取り組んでいた国語のテキストだ。夏休みの課題。

「これ、終わりました。置いておきます」

先生のタブレットの上に重ねた。「待ってました」と先生の軽快な返答に「待たせてすみませんね」と謝罪して、あたしは椅子に座り、ノートパソコンを取り出す。

『文字の配達人』を発送してから、喉奥に蟠《わだかま》りが残り続けている。両親のこと、定本さんの発言、ハッピーエンドとハッピーデッドのこと。吐き出せないそれらを言葉と物語に変えて、思いつくままに短編を書き殴って、ネットの小説サイトに投稿している。あたしなりの、自分の整理整頓方法だ。書いても書いても治まらなくて、三週間でかれこれ七作は書いた。三日に一編のハイペースだ。

承認欲求で小説を書いているわけじゃないけど、サイトのフォロワーはそれなりで、投稿すれば感想を貰えるし、ランキングの常連でもある。暗い話を書いて、暗い感想を貰って、暗い話を書く。そのループ。相変わらず、ハッピーエンドが許せない。「めでたしめでたし」で終われればいいのに、書き進めるうちに、想定していたハッピーエンドと実際の作中ドラマに違和が生じて、「めでたしめでたし」をバックスペースキーで消してしまう。いま書いている作品だって、どうせ直前でバッドエンドになるのだ。

あたしは一生、暗い話しか書けないのだろうか。人生がストーリーであるなら、あたしの人生もバッドエンドで終わるんだろうか。

あたしは顔を上げる。

「蓼科先生って、高校生のとき、何と向き合いました？」

「向き合った？　悩みってことなら、進路かな。勉強とか、人間関係とか」

「ありきたりですね」

「普通の生徒だったからね。教師になりたくて、でも自宅から通える距離の志望校が難関で、模試の成績が伸びなくて……担任の先生と相談して、親とも話し合って、志望校を変えて、都心で独り暮らしをすることになりました」

「その悩みって、死活問題でした？」

「当時は。喉元過ぎれば熱さを忘れるってやつです」

ありきたりであることは、助かりやすいってことでもある。どれだけハッピーエンドを書こうとしても、バッドエンド（あるいはハッピーデッド）になってしまう、なんて悩みは、一般的ではない。解決策を知っている大人はどこにもいない。

「そういえば明戸さん、進路希望調査は出しましたか？　二学期からは義務ですよ」

出していない。鞄のなかだ。また先生たちにネチネチ言われるんだ。あたしは自分のペースで生活したいのに、デッドラインはお構いなしに迫ってくるし、時間は一方的に流れていく。ぼーっとしたくても、大人が「受験」「就活」と言うから、それらが頭の片隅に居座って、自由になれない。一昨年まで高校進学で悩んでいたのに、新しい環境に慣れて、高校生活に馴染んで、やっと趣味に没頭できるようになった矢先に、次の進路。毎日毎日、将来のことばかり。

「進学、就職、しなくちゃいけないですか？」

「他にしたいことがあるの？」

「小説を書きたい」

「小説を書くには、たくさんの知識が必要でしょ。何かを学んだり、どこかの組織に所属することは、明戸さんの糧になるんじゃないかな」

「それ、みえこさんにも言われました。でもあたしは正直、何もしたくないんです。小説を書いていていたい」

「ずっと？」

「逆に訊きますけど、進学とか就職とか勉強とか努力とか、ずっとしていなくちゃいけないですか？　どこかにいなくちゃいけない？　あたしが小説家になりたいって言ったら、現実を見ろって先生は言うでしょ。本気なら応援してやるって。もしあたしが口だけで小説家になりたいって言ったら、諦めるように諭してきますよね。本気じゃないと許されない夢ってなんですか？　応援されないと進んじゃいけない道って何？　実力がないと小説家を目指しちゃいけないの？　あたしは小説を書くだけの時間がほしい。もっと言えば、何もしない時間がほしい」

蓼科先生の目が、興味深そうにあたしをじっと見つめている。表情が柔らかいのが、まだ救いだ。

「その何もしない時間っていうのは、好きなことに没頭したり、遊んだりする時間？」

「いえ、正真正銘の、何もしない時間。何にも追われず、縛られない、あたしだけの時間。のんびりしたい。休学しようかな」

「勉強のスイッチを入れ直すの、大変じゃないかな？　特に受験勉強は」

「じゃあ就活します」

「休学して、復学してから就職活動をすると、たぶん苦労するよ」

「それがおかしいんですよ。やりたいことをやってたら戻れなくなる社会が間違ってるんだ。なんであたしがそっちの求める型に嵌らなきゃならないんだよ。何かに取り組まないと置いていかれるとか言うけど、別に誰とも競ってないし、あたしはあたしの基準で生きてるし、置いていかれる前提から見直せ。自己責任論とかクソくらえ。学校なんて大嫌いだ。決めた。卒業したらあたし、半年間は自由に過ごす」

　みえこさんが『アトガキ』を畳むまで、一緒に暮らそう。両親のことも、遠い未来のことも考えずに。お金がなくなったらバイトをして、溜まったら小説を書いて読んで、そういう文化的な暮らしをしてみたい。

「それか、いっそ留年してもいいですか？　いいですよね？　復学後が大変なら、留年の方がまだマシってことでしょ？」

　あたしの勢い任せの発言に、蓼科先生は頷いた。

「明戸さんの好きにしたらいいと思います」

「……いいんですか？」

「留年しても卒業後にのんびりしても、いいと思います。したらしたで、また考えたらいい。誰かに言われて決めることより、自分で決めたことのほうが、楽しめるから。自分の人生だもの」

「そんなこと、先生が言っていいんだ？」

「先生だから言うんですよ。明戸さんはまだ高校二年生。時間はあります。存分に悩んでください。悩んだ上で決めた道なら、明戸さんが傷つかず死なないのであれば、その選択を前提に先生は動きます。大人だからね」

蓼科先生は「でも」と目を細める。

「先生として大人として、経験則や伝聞やデータから、アドバイスをしておきますね。休学や留年をすると悩みが増えるんじゃないかな、とは思います。高校生が年下と一緒に授業を受ける機会は、日本ではまだ少ないし、高校の留年は不勉強ってイメージが拭えないから。本当は、病気療養とか、留学とか、家庭の事情とか、いろいろな理由があるんですけどね」

「そんな真っ当な理由じゃないですけど」

「真っ当かどうかは、自分が決めたらいい」

そうして先生は、作業に戻った。

あたしはずれてきた眼鏡を押し上げる。進学。就職。無職。休学。横から新たな選択肢が割り込んできた。留年。怒られると思ったのに。

「先生は、死にたいって思ったこと、あります？」

「ありますよ。何度もあります」

「あるって答えていいんですか？」

「どうして？」

悪いことのような気がするから、と答えかけて、口を噤む。死にたいと思うことは、悪いことなのか。悪いことは感じてはいけないのか。そんなはずはない。

「生きづらさって、この先も続きますか？」

「続くかもしれないし、続かないかもしれません。子どもの生きづらさが続かないようにするのが大人の役目だと、先生は思います。いまある苦しみは、いま終わらせる。未来のために」

「そうやって未来のことばかり考えるのって、しんどくないですか？」

壁の向こうで物音がする。椅子を引く音だ。図書室で勉強中の誰かが帰るのだろう。

「明戸さん」

先生と目が合った。先生は、真新しい司書室が似合う、和やかな顔をしている。

「明戸さんはいま、もしかして、すごく苦しくて、困っているんじゃないかな」

「そんなことないです」

あたしはノートパソコンの画面を見た。スリープになっていた。パットに触れて起こすと、画面に反射していたあたしが消える。自分の内側を、見られたくないし、見たくない。

「困ってるとか、そんなのじゃなくて、人生はストーリーです。それが仮に、よりドラマチックで、自分を含む誰かにとって価値があって、何かの理由や指針になって、幸せに満ちているほうがいいとするなら、そっちのほうがいいんだろうけど、この先もこんな毎日が続くなら、あたしが主人公の小説は、ヘヴィーで胸やけのするつまらない作品になるんだろうなって、思ってるだけです」

まるで、あたしがつい書いてしまうバッドエンドの小説みたいに。

「だからあたしは、終わり方に拘ってて」

「その終わり方って、人生の閉じ方？」

「そうです。どんなストーリーでも、終わり良ければすべて良しって言うでしょ。満足して死にたいんですよ。死に際に、ああいいストーリーだったなと思えるような人生が、あたしの理想」

蓼科先生は、黙っている。先を促されているのだ。あたしは続ける。

「できれば、毎秒充足していたいじゃないですか。好きなことに囲まれて、好きなことで苦しんで、望む姿で生きていたい。悩む時間って、何にもならない。無駄。人生という名のストーリーを小説に著すなら、悩む描写はカットする。省略可能。意味がない。理由のない時間。そんな停滞を重ねることって、本当は良くないんだ。……わかってるんですよ、無職も、留年も、時間の無駄だってこと」

定本さんが理由に拘る意味が、少しわかった。自分の費やしてきたものや、身に付けてきたこと、継続してきたことを、自信に変えたいんだ。自分という存在の価値を確立したい。そのための理由探しだ。たとえば、あたしがこれから陸上をやるとして。ただ走って、その成績が認められて、トロフィーや賞を獲得したとして。そこに走る意義が伴わないのであれば、いままでの走りは一体何になるんだろうって思う。逆に、それらが外側から見てどれほど無価値でも、自分のなかにれっきとした理由があれば、揺るがない価値になる。問題は理由の有無だ。

つまり。

「理由のないことに、意味なんかない」

「先生は、そんなこと、ないと思うな」

独り言のような口調に、あたしは顔を上げる。先生は滔々《とうとう》と続ける。

「理由のないことも、価値のないことも、自分らしさを形成するためであるなら、無駄ではないと思いますよ。それが言葉にできないような、曖昧模糊な概念であっても」

「でも、先生って理由を求めますよね。進路希望調査には志望動機の欄があるし、二者面談でも絶対に訊かれる。どうしてそう思うんだ、って。思ったから、は理由にしてくれない」

「でも明戸さん、少なくとも、人生はストーリーではないよ」

「ストーリーですよ。みんな一様に、自分だけの物語を描いているんだ。その出来栄えが異なるから、誰かに読まれるか、読まれないかの違いは生じるけど」

「特別な体験をしている人のストーリーは、読まれるってこと？」

「そうじゃないですか？　似たような悩みを持つ人の作品とか、何がどうなってそうなったのか気になる人のストーリーも、読みたくなるでしょ。時代の寵児は、自身の過去や体験をもとに自伝や随筆を出版する。それは売れる。みんなが気になるストーリーだから。そのストーリーをよりわかりやすくしたものが、小説だ。だから小説は最強だ。救いになるし、指針や啓蒙にもなる。人生のストーリーに悩む人に届いて、効く。人生という名のストーリーに対する、憧れが詰まっている。それこそが、小説が万能たる所以《ゆえん》です」

「それは視野狭窄《きょうさく》ですよ、明戸さん。小説は万能ではないよ。信じることと押し付けることは違う」

蓼科先生は、積んだ本をポンと叩いてから立ち上がった。ラベルを貼り終わったらしい。

「そうだ、図書委員の推薦図書企画をしようと思ってるんだ。明戸さんも参加する？」

「なんですか、それ」

「好きな本を数冊選んで、図書室入り口の棚にPOP付きで並べるんです」

「やらないです。あたし、図書委員じゃないし」

「そう、残念。先生はそろそろ部活に顔を出さないと。執筆、頑張ってね」

筆箱とタブレットとあたしの提出した課題を持って、蓼科先生は司書室を出て行った。吹奏楽部は、二学期から外部指導員システムを導入している。

取り残されたあたしは、独りごちる。小説は万能だよ。蓼科先生も小説に救われたんでしょう。小説が好きだから、推薦図書企画を計画してるんじゃないの？　あたしだって、幾度となく小説に救われた。フィクションがあったから、いまも生きている。だいたい自分らしさってなんだよ。みんなと同じことをするよう脅してきて、幼さと青さを見下してきて、間違えたら馬鹿にしてきて、周りに取り残されないよう急かしてきて、いい子であることと自主性とらしさを求めてくる。それに従ってある一画にたどり着けた人だけが、呼吸を許されている。未熟なあたしたちは、成功した人や物事だけで構成されたまやかしの自由を見せられている。どこもかしこも、酷く窮屈だ。

「じゃあ、癌ではなかったのね？」

『アトガキ』のキッチンに下りたとき、みえこさんの話し声が聞こえた。今日は火曜日で、お店は定休日だった。カウンターの下にスマホの充電ケーブルを置いたままだったあたしは、階段を下りて一階のキッチンに着いたところで、立ち止まった。

「良性だろうって」

答えたのは、柊木さんの声だ。立ち去るにも物音を立てそうで、あたしはその場に佇むしかできない。

「ドキッとしたわ。この歳になると、何があってもおかしくないけどね」

「そりゃあ、癌かもしれないって思ったら誰だって不安になりますよ。息子さんには伝えたの？」

「結果がわかってから」

「一気に伝えられて、驚いてたんじゃない？」

「ふふふ。一時はどうなることかと思った。でもおかげで、ニュージーランド行きはキャンセルせずに済みそう」

ふふ、とみえこさんも笑った気配がする。

「柊木さん、半ば自棄《やけ》になってたものね。もし癌だったら、ニュージーランドの空気を吸いながら治療するって」

「その節はごめんなさいね、急に予定をずらしたりして」

「切除はいつ？」

「そのうち。箇所が箇所だから、全身麻酔だって。やっぱり元気なうちにいろいろしないとね。改めて思った」

カチャ、と音がする。みえこさんがこっちに来る気配。あたしは慌てて数段忍び足で上ってから、わざと足音を立てて下りた。みえこさんと鉢合わせる。

「類さん、おかえり」

「ただいま。資料修繕の仕事は？　定休日に何してるの？」

「柊木さんとお喋り。本屋さん、三月に畳むそうですよ」

「えっ」

カウンターに顔を出すと、柊木さんが「あら」と微笑んだ。

「類ちゃん。なんだか久しぶりじゃない？」

「本屋さん、辞めるんですか？」

「そうなのよ。売り上げがね」

嘘だ。腫瘍摘出の手術をするからでしょ。そのあとニュージーランドに行くから、畳めるうちに畳んでおこうってわけだ。移住の準備期間は、身の回りの整理整頓も兼ねているってこと？

「柊木さんのお店が閉まっちゃったら、ここらへんに住んでる人は、どこで本を買えばいいんですか？」

「駅前の本屋さんかな。ネット通販もあるでしょ？　いまは、読書以外の娯楽もたくさんあるからね。動画とか、ゲームとか、楽しいって孫が……」

みえこさんが顔を覗かせた。

「資料、上に置いてたみたい。取ってきますね」

「はーい」

とんとんとんと階段を上る足音が、遠ざかっていく。

「疑問だったんですけど」

あたしは充電ケーブルを回収した。

「旦那さんとの思い出は、ないんですか？」

柊木さんは、飲みかけていたグラスから手を離した。アップルジュースの香りがする。どういうこと、と目が言っている。

「だって、お店を畳んでニュージーランドに行くんでしょ？」

「ああ、そういうこと。思い出はもちろんあるわよ。でも、ニュージーランドで女四人暮らしって、かなり楽しそうじゃない？」

「日本には息子も孫もいるのに？　どうして、ニュージーランドに行こうと思ったの？」

「だって、楽しいことをしていたいから」

「それだけ？」

「理由なんて、あってないようなものよ」

「何かを選ぶには、それなりの理由が必要でしょ？」

「でも、その理由が劇的である必要はないでしょ？」

「息子さんに反対されなかったの？」

「押し切ってやったわよ。行きたいから！　って」

「反対意見は大事にしたほうがいいよ。最低限、愛されてる証拠だと思う。言われるうちが華だよ。本当にどうでもいいと思ってるなら、何も言わないからね」

柊木さんは、まじまじとあたしを見つめた。居心地の悪い視線に、あたしは「何？」と、つい邪険な声になる。

「類ちゃんって時折、誰も信じていないような発言をするでしょ。その、立ち入ったことを訊くけど、ご両親との関係とか、大丈夫？」

みえこさんが戻ってきた。駅前の英会話教室のパンフレットを抱えている。あたしは入れ替わりで自室に戻った。しばらく部屋のなかをうろうろして、窓を開けて、閉めた。大伯母の家に居候している時点で、家庭環境に問題がないわけがないだろ。ベッドに寝転がって、スマホを弄る。ＳＮＳのタイムラインを更新する。起き上がって座卓でノートパソコンを開き、電源を入れる。短編を書き連ねる。バッドエンドを量産していく。

十一月になった。秋特有の、段々と弱っていく陽射しと高い空。イワシ雲。遠くの山肌は数日で鮮やかに色を変えた。校門脇の銀杏《いちょう》がギンナンの香りに包まれて、生徒から苦情が出たらしい。明日の授業中に業者が入るそうだ。

受験が近づいてきたこともあって、図書室は常に埋まっている。すぐに飽きるだろうというあたしの予想に反し、図書委員が司書室に常駐するようになった。推薦図書企画も実施された。図書室に入ってすぐの棚に、手書きのPOP付きの本がおざなりに並んでいる。小説はもちろん、随筆、自己啓発本や一般向けの科学読本、日本史とか倫理とか、勉強の補助に役立つ書籍が数冊。貸出自由なのに、並べたせいで却ってとっつきにくくなったのか、展示品みたいに誰も触れていない。立地がいいのに閑古鳥の鳴く店は、こうした薄い遠慮から現れるのだと気づかされる。

司書室という居場所を失ったあたしは、さっさと下校して、『アトガキ』の片隅でパソコンを打つことにした。

みえこさんが駆り出されていた資料修繕作業は、無事に終了したらしい。織合さんはアルバイトを辞めて、夕方五時に来店して、二時間だけ地下室を使うようになった。恭一郎はあたしの原稿を持ち帰ったあの日以降、顔を出していない。高卒認定試験の対策があるのか、あたしに対する負い目があるのか。両方だろう。変なところで気を遣うやつだ。定本さんとは、学校ですれ違うこともない。教室は離れているし、こっちは普通科であっちはスポーツ科だから、合同授業もない。

月初めの全校集会で、定本さんが表彰された。何かの大会で一位になったらしい。ステージに上がり、校長先生から表彰状を受け取る定本さんの背中は、すっと伸びていて、歩き方も悠然としていて、迷いなんて感じられなかった。


パコンッと小気味良い音を立てて、白いゴムボールが跳ねた。

体育の授業中だ。憎たらしいくらいの秋晴れ。グラウンド横のテニスコートで、顔だけ知っているクラスメイトたちが、ソフトテニスをしている。笛が鳴って、交代になった。あたしはラケット片手にコートに入る。強制的にペアを組まされた相手が、長袖を捲《まく》って、「いくよ！」とサーブした。

あたしの身体はてんでだめだ。ラケットは重いし、ボールは打てないし、すぐに息が上がって、ラリーを止めてしまう。最初は「いいよ」と言ってくれる相手も、そのうち黙って次のボールを催促して、終いには待機中のクラスメイトと喋り始め、あたしはコートにひとりきりになる。いたたまれない。誰かが「運動下手、最高！」って叫んで暴れてくれたらいいのに。体育のできない体育の先生がいればな。うちは筋肉隆々のゴリ田だから。

「横田先生、結婚するらしいよ」

どうにか十回ラリーを終えて待機組と交代すると、コートの端で座っていた女子が言った。

あたしに向けた発言ではない。隣のコートで待機している男子に、フェンス越しに囁《ささや》いたのだ。

「そうなの？　横田せんせー、結婚するの？」

その男子が声を張った。コート脇にいた先生が、「まあな」とはにかむ。

「めでたいなー。お相手は？」

「西高の体育の先生でしょ」

別の男子が、近寄ってきて言った。にやにやしている。

「東海林先生。すげー背が高い人。角でぶつかって、一目惚れしたんだって？」

あたしの傍で聞き耳を立てていたらしい女子が、「やば」と零した。横田先生は両眉を上げた。

「変な噂が広がってるな。誰から聞いたんだ？」

「違うの？」

「違うよ。お見合いだ。なんだ、その話」

最初に囁いた女子が、「フェイクニュースじゃん」と腐す。

「じゃあ、横田先生が東海林先生になるのも嘘？」

「それは本当」

「マジ？　なんで先生が苗字変えるの？」

「理由が必要か？」

「必要ないけど、気になる。その心は？」

「特にないんだけどな」

「恥ずかしがってないで、教えてよ」

「じゃあ、そうだな……東海林って名前、かっこいいだろう？　ふたりで話し合って、そっちにしたんだ」

「それだけ？　あってないような理由だなぁ」

「三学期中は旧姓を使うから、横田先生でいいぞ」

「東海林せんせーって呼びますね」

「照れるからやめろ」

先生は腕時計を見て、笛を吹いた。

「はーい、今日はそこまで。ラケット片付けろー」

男子数人と女子数人がフェンス越しに囁く。

「相手の東海林先生って一人っ子らしいから、珍しい苗字を残すために横田先生が苗字を変えるんじゃないかって西高のやつが言ってた」

「それ、ＳＮＳの情報だろ。俺も見た」

「えー、東海林先生が横田先生を口説き落としたんじゃないんだー」

「先生ももったいないよな。株が上がったところだったのに」

「〝東海林のほうがかっこいいから〟とか、幼稚だよね」

「横田先生のほうが一途だから、苗字も変えるんだと思ってた。愛する人のために自分を変えられる男、横田。いや、ゴリ田ゴリ田ゴリ田」

「ゴリラの学名やめろ」

だっさい価値観、と、あたしの隣の女子が吐き捨てた。

「自分を変えることと誰かを愛することは、無関係でしょ」

彼女は誰に向けて言ったわけでもなく、フェンス越しに騒いでいるクラスメイトには聞こえていない。

「ほら、そこ、何してる。早く片付けなさい」

横田先生の呼びかけに、みんながラケットをカゴに入れて、ぞろぞろとコートを出て行く。

あたしもその波に乗る。女子たちのお喋りは続いている。

「もしかして実はSNSのほうが正しくて、恥ずかしいから偽情報で訂正したとか？」

「あるかも。火のないところに煙は立たぬって言うし」

どうだろう。統合してみたら？　お見合いでばったり出会ったふたり。東海林さんは横田さんに一目惚れ。猛烈なアプローチで横田さんを口説き落とし、結婚することに。東海林さんは自分の苗字をかっこいいと思っていて、横田さんもその苗字をかっこいいと思ったから、ふたりは東海林を選んで、くすくす笑いながら、婚姻届を出す。うん、なかなかポップなストーリーだ。この先も、ふたりは幸せに暮らしていくだろう。そうであってほしい。いつか何かの掛け違いで別れることがあっても、それぞれがそれぞれの道を尊重して歩んでいけるような、円満なハッピーエンドに。

はたと閃《ひらめ》く。

もしかして、バッドエンドの原因は、主人公のモデル選びにあったのかもしれない。定本さんは、走る理由がわからなかった。一方あたしは運動嫌いで、むしろ走らなくて済む理由を探してきた。根本部分が程遠い存在なのだ。うまくモデルにできなくて当然だ。

横田先生なら、どうだろう。あるいは織合さんや恭一郎、蓼科先生、柊木さん、たいして仲良くないクラスメイトをモデルにしたら、その主人公は、ハッピーエンドにたどり着く力を持ちうるだろうか。

「…………」

立ち止まると、クラスメイトたちはあたしを避けて進んでいった。

何やってるんだろう、あたし。定本さんに責任転嫁して。


秋が進んでいく。木枯らしが吹き、空気は乾燥して、木々は冬の装いを始めた。つまり葉を落とし始めた。まるで装っていない。木々が冬の装いになり——という表現は、一部の樹木にしか使えない言葉だったらしい。

授業が終わり、日直の仕事で窓を施錠しようとして、西陽で染まったグラウンドを周回する陸上部に気づく。最前列を走る長身は定本さんだ。イラッとして鍵を閉めて教室を出た。

定本さんは、走る理由がなくても走っている。『走れメロス』を読まなくても、あたしが『文字の配達人』を書かなくても、十一月の第三水曜日にグラウンドを走る定本さんは、きっと存在した。それが腹立たしい。〝小説は万能であり、フィクションは人を救う〟――あたしの信条だ。これまで一度も疑わなかった。だのに最近は、リフレインさせるたび、自分に言い聞かせているみたいで、揺らいでいく感覚がある。定本さんと横田先生の会話を聞いていたときは、あんなに強烈な反発心があったのに、どうして。トラックを走る定本さんを思い出すと、ますますぐらついていく。「小説は、わたしには、必要なかった」と言い切って、まさに必要なかった定本さん。

あたしって、この信条って、こんなに脆かったっけ。落ち込む理由なんかないのに、気分が鬱々としているのはなぜ。

不意に蓼科先生の顔が脳裏をよぎる。信じることと押し付けることは違う。小説は万能ではない。大人に否定されたから、腹が立つのだろうか。わからない。わかりたくない。

日誌を職員室に届けて、学校を出る。北風に首をすくめた。あたしはジャケットの下に、薄手のフーディを着ている。

信号待ちの最中、スマホを取り出して、小説サイトにアクセスした。あれから短編を書き続けて十五作。今日の昼休みに十六作目を投稿した。主人公が死ぬ。行き違いが起こる。ヒロインが死ぬ。ペットが死ぬ。仲違いで終わる。愛が憎しみに変わる。達成感のない復讐を遂げて終わる。取り返しのつかない過ちを犯す。誰をモデルに据えて、どれだけ明るいスタートを切っても、暗い話になる。これは悪いことなのか？　いや、展開やキャラクターを無視してハッピーエンドにするより、よほど誠実だと思う。そうだ、あたしは誠実に物語と向き合った結果、すっきりできないエンドに行き着いているのだ。工夫すればあたしだっていつか、最高のハッピーエンドが。

あたし、なんでハッピーエンドが書けないのか、本当はわかってる。言葉にしたくないだけで。

十六作目に、長めの感想が付いていた。

「更新待ってました！　タグイさんの作品は、いろいろな種類の暗い話で溢れていて尊敬します。偏《ひとえ》にバッドエンドと言っても、ここまでバリエーション豊かだったんだと更新のたびに驚かされます。どれを読んでも嫌な気持ちになるから、嫌な気持ちになりたいときに重宝しています笑。どんなときやねん笑。普通に暮らしてたら思いつかない胸糞展開なので、人生観とか死生観も独特で暗そうだなーと勝手に思ってます笑（失礼すぎる）。頭の中が気になるなー。エッセイとか読みたいかも。たまにはハッピーエンドも読みたい！　でもそれはそれで物足りなさそう！　幸福とか陽気とかの対極だもんな笑。今後も最高のバッドエンドを期待してます！　応援してます！　では、これから本編読ませていただきますー」

あたしは近くの電信柱に凭《もた》れて、青信号を見送った。スマホの画面をじっと眺めて、その感想を何度も頭から読んだ。クソが。あたしだって、幸福で陽気なほうがいいよ。できないから困ってるんじゃないか。バッドエンドの何が悪いんだ。クソ。

無心で「感想ありがとうございます！」と打ち込んで、送信した。赤になっていた信号が、再び青になる。スマホをポケットに仕舞い、歩き出す。

坂道を上って、半地下の階段を下りると、『アトガキ』のドアに臨時休業のプレートがかかっていた。しかし店内の明かりが小窓から漏れていて、話し声もかすかに聞こえる。臨時休業なのにお客さん？　柊木さんだろうか。ドアを開けて、ただいま、と言いかけて、あたしは硬直する。

カウンターにはみえこさんがいた。その正面には、一か月半前に見た顔が、座っていた。

そいつが真剣な顔で、言う。

「メッセージを返すか、電話に出るか、しなさい」

そいつは、父親という肩書を、後生大事に抱えている。

「なんで？」

あたしの質問は掠《かす》れていた。「ドアを閉めなさい」と言われて、あたしはそのまま振り返って逃げ出そうと思った。でも、みえこさんと目が合って、すごく穏やかな目つきをしていたから、踏みにじってはいけない何かがある気がして、逡巡の末に店内に入って、ゆっくりとドアを閉めた。

「何しに来たの？」

「話しに来ちゃいけないか？」

「仕事は？　水曜日だけど」

「有給を取った」

「暇だね。みえこさんの仕事の邪魔するのやめなよ」

「許可は貰ってる。こっちに来て、座りなさい。みえこさん、すみませんが飲み物を。類、何がいい？」

「いらない」

やらかした。座るか否かではなく、飲み物の有無で返答してしまった。これでは話し合いに応じたようなものだ。

みえこさんがアイスコーヒーを父親の前に置いた。あたしは大袈裟に溜息を吐いて、入り口近くのテーブル席に荷物を下ろした。父親は一口も飲まずに「すみませんが」と言い、みえこさんは「はいはい」とキッチンに引っ込む。

「類。もう一度、家族をやり直そう」

父親はどこまでも落ち着いている。あたしは返す。できるだけ険のある声で。

「あんたは何もわかってない。母さんは、家族とか母親とか、あんたから押し付けられた役割に嵌ることが苦痛だった。我慢できなかった。だから離婚した。イタリアンでそう言ってたじゃん」

「父さんたちは、相互理解ができなかった。その代わり、できる限り歩み寄ろうとした。みんな違うからこそ、家族は支え合って、」

「あたしは、一緒に暮らすつもりはない。あんたとも、母さんとも。何度も言ってるよね。母さんはそれをわかってくれた。だから母さんについていくことにした。いまさら家に愛着持てるわけないでしょ。生家も実家も地元もないのに」

「それは、父さんが悪かった。会社に強く言えばよかった。転勤がそこまで家族の負担になると思ってなかったんだ。何度でも謝る。でも、休日はたくさん出かけたじゃないか。ご当地スポットに行って、車で遠出もした。長期滞在の旅行みたいなものだって、類も嬉しそうにしてただろ」

「いつの話？　環境が変わるたびに長期滞在旅行か楽しみだなーって思えばよかった？　馬鹿じゃねぇの？　どうしてあんたの出世に家族が振り回されなくちゃいけないの？」

「父さんは尽くしてきたつもりだ。家族に貢献してきた。そもそも父さんの単身赴任を嫌がったのは、類のお母さんで、」

「その呼び方やめて。悪意を感じる」

保育園に入ってから義務教育終了までの十数年で、八回の引っ越しを経験した。父親の転勤に伴うものだ。元来内気だった母は、新しい環境に馴染めず、ようやく馴染んだら引っ越しで、人間関係も続かず、働き口も見つからず、家が世界のすべてになった。母の口から吐き出される言葉は、大抵が父親の会社への悪口か、素直に人事異動に従う父親への愚痴だった。それでも母はいつも最後に、「けど、家族はチーム。苦しいときほど支え合わなくちゃね。この人と一緒なら不幸も乗り越えられると思ったから、結婚したんだし」と言っていた。幼いあたしは、その言葉を信じた。ぎくしゃくする両親の間で、この不幸もいつか終わるんだって思っていた。これは一時的なもので、いまは三人で打開策を探しているところ。そのうち全部が丸く収まるはず。

愚かだった。

「引っ越すたびに学校が変わって、友だちが変わって、送るって言われた手紙もすぐ途絶えて、習い事もできない。孤独だったよ。ようやく馴染んだら総リセットを食らうのは、あたしも同じだった。そんなあたしに、感謝を強要するの？」

「それは悪かったと思ってる。でも、それがすべてじゃないだろう？」

「すべてだよ」

あたしが小説にのめり込んだのは、孤独だったからだ。リセットされる環境のなかで、小説のなかの世界だけは、変わらずそこに在り続けた。あたしにとって、読書は没頭で、逃避で、憩いだった。本を買えば、好きな世界を手に入れることができる。去らなくても済む世界が、開けばそこにある。小学四年生のときに、引っ越しの荷物が増えるから買い控えるように言われたけど。

あたしの思い出は断片的だ。親友になれそうな子と出会ったことはある。ずっと友だちだよ、って言ってくれた子は何人もいた。いただけ。引っ越したらそれきりだ。体育の持久走と同じ。一緒に走ろうね、は嘘なのだ。足の遅さに呆れて、みんなあたしを置いていく。隣の家の同級生とお泊り会をしたことがある。近所の飼い犬とその飼い主と仲良くなったこともあった。楽しかった。向こうもたぶん、楽しかったと思ってくれている。楽しかった思い出。昔のこと。

あたしが出会った人々にとって、あたしは過去の人だ。

「あたしは、不仲だったことや、離婚したことや、転勤が続いたことを、責めてるんじゃない。

それぞれが自分の道を歩む自由があるって、わかってる」

まずい。声が震えている。嫌だ、泣きたくない。こんなことで苦しみたくない。

「前も言ったけど、あたしは放任してほしいだけで、」

「類が大人なら、いくらでもそうする」

「余計なことしないでよ。何の理由があって突っかかってくるの？」

「親が子どもを気にかけることに、理由が必要か？」

「母さんはあたしのこと、うまくほったらかしにしてくれるよ」

「それがおかしいんだ。親は子どもを守らなくちゃいけない。なんで親権が……」

クソ。視界が滲む。胸のあたりが閊《つか》える。涼しい顔をしていたいのに。

母は、家族という枠組みに囚われて苦しんだ。専業主婦に憧れていたのに、いざやってみるとつらかった。子どもがふたりほしかったのに、言い出せなかった。父親はその苦しみに気づけなかった。母が愚痴を零しても、「自分で選んだことだろ」と笑って返した。父親曰く、それは日頃から自分に言い聞かせていた言葉だそうだ。社内での立場があり、忙しい日々が続いて、あたしと母に時間をさけない。融通を利かせるために、引っ越しを伴う転勤がない役職に早く就こうと躍起になった。家では疲れた姿を見せないようにした。それでも抑えきれないときがあった。「いくら忙しくても、心無い言い方をすべきじゃなかった。悪かったと思っている」——そういったややこしい話を、イタリアンで懇々と聞かされた。噛み合わなくなった原因の数々。それ、あたしに関係ある？　ふたりの間の出来事じゃん。

「あたしは、家族なんかいらない。ひとりでやっていく。いままでずっとそうだった。ひとりでどうにかやってきた。ひとりっていうのは、孤立無援って意味じゃない。できうる限りの自力ってこと。将来の夢もある。間違えたって、失敗したって、やっていける。あんたは、あたしを作った責任だけ果たせ」

「将来の夢って、小説家だろう？　そんななれるかどうかもわからない仕事、」

「うるさい」

「類。父さんは、夢を見るのもいいけど、類はまだ子どもなんだから」

「黙れ！」

腹の底から込み上げてくる何かに突き動かされて、あたしは立ち上がっていた。椅子がカタンと遅れて倒れた。

「接触してくるなよ。考えないようにしてんだから！　あたしは、不幸だったあたしと、早くさよならしたいんだ！　次に行きたいんだよ！」

まずい。決壊する。床に向かって叫ぶ。

「邪魔するな！」

逃げたい。どこか。踵を返して店のドアを開けた。飛び出そうとして、できなかった。

定本さんが立っていた。

あたしは、彼女を押しのけた。階段を駆け上がって、坂道を下った。

「明戸さん！」

追いかけてくる気配がする。脚に力をこめる。身体を前に倒す。転げ落ちそうになる。坂道の下に来たところで、後ろから腕を掴まれた。

ゆっくり振り返ると、涼しい顔をした定本さんがいた。定本さんは、あたしの腕をそっと離した。その息は、ちっとも上がっていなかった。

「これ」

差し出されたものは、ポケットティッシュだった。あたしは受け取った。断りたかったけど、必要だった。


バスに乗った。スマホで決済して、駅で降りた。歩いているうちに、堤防までやってきた。来年の三月に、学内マラソン大会が行われる場所だ。地獄の場所。

「ここ、走りやすいんだ」

定本さんが言った。

そう、とあたしは応えた。どうでもいいな、と思った。走りやすかったことなんて、生まれてこの方ない。

川は秋の空を映しながら、のんびりと流れている。河川敷の芒《すすき》が風に揺れて、頭を軽く振っている。犬の散歩をしている人とすれ違う。会釈されて、「どうも」と定本さんが返す。

あたしは尋ねる。

「部活は？」

「今週末が大会だから、調整だけ。これを返そうと思って」

通学鞄から、分厚い封筒が取り出された。『文字の配達人』の原稿だ。「あとにするね」と、定本さんは鞄に仕舞い直す。

駅でバスを降りてから歩きがてら、父親が来たこと、あたしがあいつを嫌っていること、家庭環境に難があることを、定本さんに打ち明けた。

定本さんは、あたしの「邪魔するな！」が聞こえて、ドアの前で立ち止まったらしい。「どうしたんだろう？」と思った途端にドアが開いてびっくりした、というわけだ。

「終わってるでしょ、うち。空中分解してるんだ。家族の理想像を追い求めて、苦しんで、崩壊。親が揃ってようが一人親だろうが里親だろうが、いなかろうが、丸く収まっているならそれでいいんだって、あたしは思う。だから、みえこさんのところにいる」

「明戸さんがいい感じなら、それでいいと思う」

「ただ、薄々気づいているのに、見ないふりをしていることがあって。あたしの書く小説がハッピーエンドになるのは、家庭環境と性格のせいじゃないか、ってこと」

手放しの大団円を描くと、もやもやする。その醜い感情の正体が最近わかった。僻《ひが》みだ。あたしは、ハッピーエンドに嫉妬している。嫌悪して、軽蔑している。そんなにうまくいくはずがないだろ、って。それでもハッピーエンドを書きたい。

「あたしは、あたしの生み出すものから、あたしを完全に排除したい。完全に排除した状態で、あたしと全く関係ないところで、ハッピーエンドを描きたい」

それが、不幸だったあたしとさよならする方法だって、思っているから。

「でも、どれだけ素敵な小説を読んでも、優しいハッピーエンドを参考にしても、バッドエンドにたどり着いちゃう」

まるで、作る前からヒビが入っているみたいに。

「バッドエンド体質なんだ」

体質、と定本さんは、あたしの言葉を繰り返した。

「それって、小説は、明戸さんを救わないってこと？」

あたしは慌てて首を振る。

「違うよ。違う。小説にはたくさん救われた。あたしはフィクションの力を信じてる」

「でもいまの明戸さんは、フィクションに救われてるようには見えないよ。小説って、本当に万能なの？」

あたしは黙る。あたしと定本さんは別人で、あたしたちの間に絶対的なものはなくて、フィクションの効果にも個人差がある。定本さんの感性をあたしに押し付けないでほしい。その一方で、彼女の意見を聞くべきだと思う自分がいて、でも聞く必要なんてないと思う自分もいて、どう返せば、あたしのぐちゃぐちゃした感情は伝わるだろう。わからない。腹が立つ。

「『文字の配達人』、最後まで読んでくれた？」

「ごめん」

だと思った。

「結局、メロスの気持ちもわからないまま？」

「そうだね。でも、走ることに理由を求めるのは、やめた」

「それって、『走れメロス』を読んだから？　『文字の配達人』を読めなかったから？」

「走ってみたら、走れたから」

「じゃあ定本さんにとって、悩んで迷って考えた時間は無駄だったんだね。小説は全く効かなかった」

「うん」

あっさり肯定されて、不意に腑に落ちる。

あたしは、蓼科先生の言葉に納得しかけた自分に、たぶんずっと苛立《いらだ》っていた。

横田先生と定本さんの会話を盗み聞きして、反論したくなった。フィクションを舐めるなよ、小説は万能だぞ、と怒鳴りたくなった。でも、小説は万能ってフレーズは、創作至上主義の免罪符もとい言い訳にもなりうる。万能だからって押し付けて、望んだ効果が出ないと相手の姿勢にケチをつけるなんて、悪質クレーマーもいいところだ。フィクションには個人差があるんだってさっき自分で思ったばかりなのに。

あたしはたぶん、心のどこかでわかっていた。小説を書くこと、小説を読むことは楽しいけど、小説ですべてを解決することは不可能だ。目の前にその実例がいる。

「そう、だね。小説は、たぶん、万能ではないし、信じることと押し付けることは、違うんだ。きっと、そう。悔しいけど」

「ただわたしは、陸上に費やした時間や懸けた苦労は、無駄にはならないと思う」

定本さんの声音は、やけに芯が通っていた。あたしは言葉を探す。

「ああ、まあね、運動は身体に良いし、練習方法とか、スポーツマンシップとか、身に付くことは多いから、無駄にはならないかも」

「そうじゃなくて……たとえばわたしは、明戸さんの小説を、ずっとデスクの上に置いていた。正直、そこに原稿があってもよかったし、なくてもよかった。でも、あったほうがよかった」

「それは、何？　原稿を貸してくれるくらいあたしと仲が良くなった証左とか、小説がデスクの上にあることへの充足感とか？　それとも、無駄を愛せよってこと？」

「無駄を愛せよ……愛……なのかな」

唸った定本さんは、立ち止まった。あたしも立ち止まった。定本さんが口を開く。

「えっとね、たとえば、人生がストーリーだとして、それが映画だとするでしょ。デスクの上に原稿があった期間って、映画で言うなら、無駄な時間でしょ」

「カットされるような時間だね」

「横田先生が、結婚するらしいんだけどね」

話題が突然変わり、あたしは数拍遅れて、「あ、うん」と相槌を打った。定本さんが歩き出すので、ついていく。「それで？」と続きを促した。

「ＳＮＳでは、運命的な出会いだったらしいって噂になってて、でも横田先生が、それは真っ赤な嘘だって言っててね。友だちがＳＮＳを調べたら、いちばん最初に結婚するって知った誰かが、先生の出会いを妄想して、それを妄想だって前置きして投稿して、別の誰かがそれを言い換えて投稿して、それが繰り返されて、前置きがなくなって、想像が真実ってことになってた。しかも、想像のほうが、ドラマっぽかった」

劇的だからこそ、広がったのだろう。さもありなんだ。

「もし明戸さんが、横田先生の人生を小説にするなら、お見合いや結婚はカットする？」

「流れによる。その出会いが横田先生の人生を左右するなら、書く」

「じゃあ、先生の通勤風景は？」

「カットする。代わり映えのないシーンを繰り返しても、冗長的になるだけだし」

「それって、『走れメロス』で、メロスが走って村へ戻った時間とか、寝返りを打った時間とか、気絶するみたいに寝た時間も、冗長的になるから省かれちゃったけど、物語の裏側には流れてたってことだよね」

「あー、でも、取り立てて書くことでもないじゃん」

「人生はストーリーじゃなくて、一冊のメモ帳だとしたら？」

意味がわからなくて、次はあたしが立ち止まった。定本さんも立ち止まって続けた。

「もしわたしの人生が、ストーリーのない、一冊の真っ白な分厚いメモ帳ならね、メモする必要のない時間が、ほとんどだと思うんだ。物語にならない時間。白紙の時間」

「白紙の時間……」

びゅう、と風が吹いた。視界の端で、芒の群れが波打っている。もう一度、あたしは繰り返す。白紙の時間。真っ白で、いざ書こうとすると、取り留めもないことばかりになってしまう時間。あたしは尋ねる。

「メモ帳なの？　一生涯ものの日記じゃなくて？」

「日記だとしたら、その日いちばん印象に残ったこととか、思ったことを書くでしょ。それって、ハイライトだよね。ストーリーの一部だったり、ストーリーを凝縮したものだったり。そうじゃなくて、そもそも、人生はストーリーじゃない」

「………」

あたしが歩き出すと、定本さんも歩き出した。

「明戸さんを否定するつもりはないんだ。合わない意見だったら、無視してね」

あたしは黙っている。

白紙の時間。そんな時間、ただの無駄じゃないか？　あったところで、ページを虚無的に消費するだけ。節約できるのはインクだけだ。

「あたしは、人生はストーリーだと思うし、白紙は少ないほうがいいと思うけどね。濃密な人生のほうが、有意義だし、余生に残るものも多い」

「うん。でも、わたしは、無駄でもいいと思いたいな。わたしが陸上を辞めて、真反対の趣味を持って、真逆の学部に進学して、無関係の職種に就いて、走ってきたことが無駄になっても、いい。人生は、真っ白なメモ帳。内容に統一感がなくても、筋道がなくてもかまわない。一貫しなくていい。ストーリーのある人間に、ならなくてもいいんだ」

あたしの信条、〝小説は万能であり、フィクションは人を救う〟を揺るがした上で、あたしの持論、〝人生はストーリー〟を打ち消してきた。『走れメロス』の良さも、すごさも、わからないくせに、生意気だ。それでもあたしが反論できないのは、論破されたわけでも、抑制されたわけでもない。ただただ、思考と感情の所在がなかったから。

人生がストーリーでないなら、あたしの決めた最高の最期は、何の意味を持つんだ？　終わり良ければすべて良しの精神で決めた、サハラ砂漠でぱったり倒れて死ぬことは？　前提も道筋もない人生を生きることは、時間の流れしか存在しない真っ暗な世界を、カンテラも道標《みちしるべ》もなく進むようなものだ。白紙だらけの人生は、振り返ったとき、歩いてきた道が見当たらないってこと。そんなの嫌。人生はストーリー。だからあたしは、終わり方に拘っている。

生まれたときに、人生という白紙の本を与えられたとするなら、それを物語で埋めるのがあたしの生き方だ。あたしのエンドは『星の王子さま』でありたいし、真っ白な人生なんかまっぴらごめんだ。

「無駄じゃないって言ったり、無駄でもいいって言ったり、矛盾しててよくわかんないけど、それでいいんじゃない？　定本さんは定本さんで、たどり着いた持論を大切に抱えて、無駄を愛して生きていけば？」

定本さんには、厄介な家庭環境がない。あたしの苦労も、苦痛も、わからない。わかりえない。無邪気に走っていける人は、暗闇だって痛くも痒《かゆ》くもないだろう。あたしはあたしで、定本さんに共感できない。走り続けたいと思っていて、本を読んだら眠くなるなんて、微塵も理

「所詮は他人なんだから、気にかけてくれなくてもいいよ。友だちも解消したんだし、わかろうとしなくていい」

そうかな、と言葉が返ってきた。わかりたいな、って付け足された。

「せっかく仲良くなれたんだから、わたしはまだ、『アトガキ』で明戸さんとお喋りしたい」

「でもどうせ、ひとりで走っていくんでしょ。マイペースに」

定本さんは黙ってしまった。

びゅうと吹いた秋風が、冷たかった。

解できない。

7

明戸さんと一緒に堤防を歩いてから、『アトガキ』に戻った。お店に明戸さんのお父さんはいなかった。わたしは『文字の配達人』を明戸さんに返却した。明戸さんはすっきりしない顔だった。わたしもすっきりしなかった。そのまま家に帰った。

堤防を歩いているとき、『文字の配達人』の原稿を返したとき、明戸さんは傷ついていた。家のことを話してくれたのは、最後の付き合いとして、餞別《せんべつ》のような、手切れ金のようなものだったのかもしれない。それは、ちょっと、悲しい。さよならするのは、もっと寂しい。

十二月に入って、期末テストが終わった、水曜日の放課後。司書室に顔を出すと、蓼科先生が腕を組んでテーブルとにらめっこしていた。テーブルの上には、色付きの紙と本が並べて置いてある。

「なんですか？　それ」

「推薦本と、ＰＯＰです」

「ポップ?」

「お店で見たことないですか？　こんな感じの」

「あ、手書きのやつ」

テーブルの上の本は、どれも知らない題名だった。ＰＯＰにはおすすめポイントが書いてある。

「いま、図書室で推薦本を展示中なんです。今月は生徒の推薦本を募集してるんだけど、数が少なくて」

そんな企画をしていたんだ。知らなかった。

「そうだ、定本さん、『走れメロス』の推薦文を書いてもらえますか？」

「えっ」

「ちょっと待ってて。取ってきます」

図書室から戻ってきた先生の手には、文庫本の『走れメロス』がある。明戸さんに借りたものと同じデザインだ。

「推薦文って、わたし、書けません」

「感想を言ってくれたら、先生が書きますから」

どうにか気の利いたコメントを、と思ったけれど、面白かったとか、すごかったとか、短くてありきたりなフレーズしか出てこない。素直に言うしかない。

「えーっと、難しかったです。親友を人質にして、死ぬために走るなんて、わたしはしたくないと思いました。すみません、ポジティブな感想じゃなくて」

「いいんです。沈んだり、落ち込んだり、負のイメージが悪とは限らない。バリエーション豊かなほうがいいでしょ？」

蓼科先生は、わたしの感想を、カードみたいな小さな紙にすらすらと書いていく。

図書室直通のドアが開いて、知らない男子生徒が、古いデザインの本を片手に司書室に入ってきた。『図書委員』の名札を首から下げている。

「せんせー、これ、ページが破れかけてます。廃棄しますか？」

蓼科先生は首を振った。「修繕しておきますね」

「買い替えちゃってもいいと思いますよ。黄ばんでるし、古そうだし、借りられた形跡もないし」

「でもそれ、もう絶版ですから」

「絶版？」復唱したわたしに、蓼科先生が説明してくれる。重版や再販がないってこと。つまり、この世にこれ以上数が増えない、貴重な本ってこと。

「先生が直して、書庫に移しておきます。そこに置いておいてください」そうして、先生はわたしを見た。「定本さんは何の用事でしょうか？」

「『星の王子さま』ってありますか？　借りたくて」

「ああ」図書委員の子が、手に取ったばかりのペンを置いた。「ありますよ。取ってきますね」

図書委員の子が色を塗っていたＰＯＰには、〝これぞヘミングウェイの傑作！〟と大々的に書かれていた。ヘミングウェイ。ハミング・ウェイみたいな感じ。ノリのいい、明るい作者なのかもしれない。

「『星の王子さま』、好きなの？」と蓼科先生。

「明戸さんが、好きな本らしくて。好きな作家だったかな」

「そういえば、いつかに『夜間飛行』を読んでましたね」

「好きな本を好いている理由には、その人らしさが出るそうです」

図書委員の子はすぐ戻ってきた。片手には、絵本と文庫本の中間みたいな、水色の本を持っている。わたしは学生証を渡して、貸出手続きをした。

『星の王子さま』。子どもが惑星の上に立っている側が表紙だ。数学の教科書と同じ向き。文庫本と逆向き。数ページめくってみると、レオン・ウェルトという人名と、複雑な言い回しの言葉が書いてある。レオン・ウェルト。作者の名前、とは違う。作者は、サンなんとかだ。

「これ、なんですか？」

「献辞ですね」と先生。〝難しい！　わからない！　メロスの気持ち！　あなたも味わってみてはいかが？〟とPOPを書いていた手を止めてくれる。「海外の書籍には、よくあります。両親へ、とか、友人へ、とか、その本を書くにあたってお世話になった人、その本を捧げたい人の名前が書かれています」

レオン・ウェルトへ。いや、少年の頃のレオン・ウェルトへ。わたしはどことなく、気まずくなる。宛名付きの本。まるで、作者の手紙を盗み見ているみたいだ。

次のページには、何かを食べようとしているヘビと、山のようなイラストが描いてあった。『走れメロス』と全然違う。

「いい本ですよね。俺は結構好きですよ」図書委員の子が言った。「砂漠が美しいのは、井戸を隠しているからだ。いちばん大切なものは、目に見えない。含みのある哲学っぽい本だから、とっつきにくいけど含蓄は多いです。良さがある」

「その良さって、いつわかるようになったんですか？」

彼は少し黙って、考えて、恥ずかしそうに笑った。

「いい言葉だな、って思うけど、本質的な部分はわかってないかも。いつかわかればいいなーって思う」

「じゃあ、人生ってストーリーだと思いますか？」

「急だなぁ。えー？　先生はどう思います？」

「冒険だと思います」

冒険。

視線に促されて、図書委員の子も答えてくれた。「なんだろう、自由？　いやわかんないですよ、そんな、突然訊かれたって。人生は人生でしょ」

晴れ渡った冬空の下、『アトガキ』に行くと、みえこさんと柊木さんがカウンターを挟んで、向かい合う形で、それぞれ別の文庫本を読んでいた。お喋りが一通り終わったあとらしかった。遊びに読書が含まれているのが、新鮮だ。馴染みがないからそう感じるだけ。わたしの幼い頃の遊びは追いかけっことランニングで、同級生に珍しがられた。

明戸さんはいなかった。最近見かけない。わたしと鉢合わせないようにしているのかもしれない。もしくは、お父さんと会わないようにしているのかも。

わたしはカウンターの端に座って、カフェラテを注文した。もちろんホットだ。みえこさんの淹れるカフェラテは、織合さんの淹れるカフェラテとは、ちょっと違う。みえこさんのほうが酸味があって、織合さんのほうが甘い。淹れ方じゃなくて、使う豆が違うのかもしれない。どっちの味も好きだ。

『星の王子さま』を取り出す。

作者のサンなんとかさんは、これをフランスの親友へ捧げるために書いたらしい。ページをめくると、文字は大きいけれど、ひらがなが多くて、文章が子どもっぽくて、正直読みづらい。それなのに内容は摑みどころがなくて、本を読む人向けって感じだ。もっとストレートでわかりやすくすればいいのに。でも献辞を読むと、レオン・ウェルトさんは、なんでもよくわかる人らしい。だから難しくてもいいのかも。それにしても、この本はまるで、作者とレオン・ウェルトさんの秘密の暗号のやりとりみたいだ。そしてわたしは、レオン・ウェルトさんではない。

一章を読んで、閉じた。横書きは、慣れているから嬉しかった。カフェラテを一口飲む。美味しい。

「『星の王子さま』？」柊木さんが話しかけてきた。読んでいた文庫本に、指を挟んで閉じている。

わたしは頷く。「明戸さんが好きな小説だって聞いて」

「わざわざ借りてきたの？」

「図書室の本って、わかるんですか？」

「保護フィルム、裏表紙にバーコードのシール、背表紙にラベルのシール、天にハンコがあるから」

「天？」

ここ、と柊木さんが指したのは、本の上の部分だ。図書室蔵書、という赤色のハンコが押してある。ほんとだ、気づかなかった。

もう一口カフェラテを飲んで、わたしは尋ねた。

「おふたりは、人生はストーリーだと思いますか？」

眼鏡をかけて本を読んでいたみえこさんが、すっと視線を上げた。「ストーリー？」

「わたしは、人生は、真っ白な分厚いメモ帳だと思うんです。でも人生はストーリーだって言う人もいて、だからいま、いろいろな人に訊いて回ってて」

「別離ですね」みえこさんの回答は早かった。とん、と言葉をカウンターに置くような言い方だった。『勧酒』という、漢詩の和訳を読んだことは？」

首を横に振ると、みえこさんがわたしの背後を視線で示した。壁一面の本棚だ。

「二段目の右端に、井伏鱒二の『厄除け詩集』があるでしょう？」

言われた文庫本を抜き取って渡した。みえこさんは慣れた手つきでページをめくる。

「ほら、ここ」

差し出されたページには、漢詩とカタカナが書かれている。カタカナの最後の一文を、わたしは読む。

〃「サヨナラ」ダケガ人生ダ〃

「懐かしい。もともとは誰の詩だったかな」柊木さんが『厄除け詩集』を覗き込んだ。

「于武陵《うぶりよう》ですね。それを井伏鱒二が和訳したものが、この文章」みえこさんの指が、カタカナを指す。「さよならだけが人生。人生は別離。何だって、誰だって、最後には別離が待ち受けているでしょう？」

「人との別れ、物との別れ、極めつけはこの世とのお別れね。わたしは寺山修司のほうも好きよ。〃さよならだけが人生ならば、人生なんかいりません〃」

「言い切ってる」と言ったわたしに、柊木さんは「そこがいいのよ」と笑う。

みえこさんにとって、人生は別離。さよならも、ひとつの選択肢。わたしは、別れは寂しいと思ってしまうな。「コンニチハ」「ゴキゲンイカガ」も人生であってほしい。

「柊木さんは、人生って何だと思いますか？」

「そうねぇ。川の流れに乗る、笹船みたいよね。時代に乗って、どんぶらこ。流れに身を任せるのが得意なのよ、わたし」

柊木さんにとって、人生は川を流れる笹船。

カランカランとドアベルが鳴って、織合さんが入ってきた。その後ろには恭一郎くんもいる。ふたりと顔を合わせたのは久しぶりだった。注文を聞いたみえこさんが、コーヒーカップをふたつ用意する。

わたしの隣に座った恭一郎くんが、嬉しそうに言った。「聞いてください！　合格しました！　高卒認定試験！」

合格！　「すごい！　おめでとう！」

「よかったわねぇ！」と柊木さん。「頑張ってたものね」とみえこさん。「へへーどうも」と恭一郎くん。

「先週、結果が郵送されてきて、一安心って感じです。肩の荷が下りました。夏から長い戦いだったなぁ」

「浮かれるなよ」恭一郎くんの隣に座った織合さんが、弟の後頭部を小突いた。「年明けから受験勉強だろ。気を抜いたら、憶えたこと全部忘れるぞ」

「そんな、風船じゃあるまいし」

「お祝いしなくちゃね」と柊木さん。

「祝賀会でもしましょうか」とみえこさん。「ここを使って」

織合さんが「ええっ？」と言い、恭一郎くんが「いいんですか！」と立ち上がった。「ぜひぜひ！」

「悪いですよ、みえこさん。そんな、お店を私的に」

「私的も何も、ここはわたしのお店ですから」

「嬉しいなぁ！」恭一郎くんは天を仰いでいる。「僕、関わってくれた人を全員呼びたいな。定本さんと明戸さんも！」

わたしは「ぜひ」と答えた。

「織合さんのお祝いも兼ねたらいいんじゃない？」と柊木さん。「本の修繕完了お祝い」

「えっ、終わったんですか？」

「言ってなかったか」と織合さん。「無事に終わりました。でも、」

「みえこちゃんが言ってるんだから、遠慮しないの！」柊木さんは止まらない。「コツコツ頑張ってたでしょ。三百冊。すごい苦労よ！　それも合わせて、織合兄弟のお祝いにしましょうよ。ね！」

さくさくと話は進み、祝賀会は、冬休みに入った直後の月曜日に計画された。


「人生って何だと思う？」

足首を回しながら尋ねると、隣でベンチコートに身を包んだ佳穂が、手元のストップウォッチとバインダーから顔を上げた。「何？　人生？」

「うん。帰ってきたら教えて」わたしはこれからトラックを走る。

「測ってる間に考えろってこと？」佳穂はわたしのタイムを測定してくれる。「急だね。いいけどさ。風香は、人生って何だと思うの？」

「分厚いメモ帳」

「どういうこと？」

「帰ってきたら教える」

「了解」佳穂はストップウォッチを構えた。「じゃ、スタート」

わたしは走り出した。

十二月の小春日和。雲は薄くてまばら。空の色は寂しそう。空気は冷たくて、肌寒い。

一度、頭を整理しよう。

夏に比べて、わたしは変わった。わたしの周囲もたくさん変わった。わたしが小説を読まなくても、フィクションに救われなくても、走っている間にも、時間は流れていく。これから先もきっと、たくさんの物事が、わたしの知らないところで、勝手に動いていく。

織合さんと恭一郎くんが『アトガキ』に来た日、ふたりにも、人生を何に喩えるか訊いてみた。恭一郎くんは「回避ゲーム」、織合さんは「行く当てのない旅」。家に帰ってから両親にも訊いてみた。ママは「山あり谷あり」、パパは「感謝の連鎖」。人それぞれだ。

人生が分厚いメモ帳だとしたら、わたしの人生には、何も書くことがない白紙の時間がいっぱいある。この先も増えていく。そのうちインクが掠れて白紙に戻っていく時間もあると思う。大事だと思ってメモして、あとから読み返して何のことだか首をひねる時間もありそう。書き留め損ねたことを後悔することだって、きっとある。それでもいい。関わったことが無駄になっても、全然かまわない。白紙の時間は、無駄な時間。

そんな無駄を愛していけば、と明戸さんは言った。

『星の王子さま』は、難しい。一日一章ずつ、頑張って読んで、十三章に来ても、内容がふわふわしている。子どもの王子さまが小さなことに拘って、わがままな化に振り回されて、奇妙な大人と出会って、不思議だなぁと思う。ふうん、って感じだ。これから面白くなるのかな。

それとも、やっぱり、わたしに読書は向いていなくて、『星の王子さま』の良さも、あの本を明戸さんが好きな理由も、わからないまま読み終わるのだろうか。それって、良くないことなのかな。

寒い空気のなか、トラックをぐるぐる回り続ける。佳穂の前を通過するたび、ラップの秒数が読み上げられる。

もしわたしが『星の王子さま』の良さを理解できなくても、『星の王子さま』を読んだ時間はなくならない。無駄な時間は無駄な時間のまま、白紙の時間として増えていく。わたしは無駄を否定しないから、どうってことはない。明戸さんが言っていた、無駄を愛するってことは、どうでもいいことをひとつひとつ大切にするってことなのだろうか。この気持ちは、愛って感情で、合っているのかな。

『星の王子さま』を借りたとき、図書委員の子が、「砂漠が美しいのはどうとか」「いちばん大切なものはどうとか」と文章を引用していた。昨日の夜、それを思い出してページをめくったら、かなり先にそのフレーズがあった。〝いちばん大切なものは、目に見えないんだよ。〟目に見えないものって、希望とか、友情とか、愛とか？　でもそれって、言葉や行動で示すことができるものだ。目に見える愛もある。

最終ラップに入る。あと一周、と佳穂が言う。

明戸さんは、『走れメロス』を貸してくれて、『アトガキ』に招待してくれた。織合さんやみえこさん、柊木さん、恭一郎くんとお喋りすることは、わたしのいままでの人生には起こりえなかった出来事で、普段なら関わらない人たちと知り合えたのは、すごく嬉しいことだ。わたしは明戸さんに感謝している。

ハッピーエンドを書けたら、明戸さんは元気が出るのかな。わたしは明戸さんの執筆を手伝えないけど、走ることで何かできないかな。わたし、走ることはできるんだ。それなりに自信があるよ。『文字の配達人』の原稿を届けたときみたいに、走ることで貢献できたらいいな。

かもしれないとか、だったらいいなとか、想像ばかりだ。

走ることが上の句になることを探して、伴走ランナーにたどり着いたときは、いいアイデアだと思った。でも家族でランニングしていると、どうしても自分のペースで走りたくなった。

佳穂は正しかった。伴走ランナーは、いまのわたしには向いていない。将来のどこかのタイミングで、できるようになるかもしれないけど、少なくともいまじゃない。

わたしに向いていて、わたしができることを、探し続けるしかない。

走り終わった。

佳穂がタイムを読み上げた。「上がったね。いよいよ全国優勝、狙ってる?」

「そんなところ」

「マジか。で、人生はメモ帳、その心は?」

わたしは、黙ってしまった。どんな結論に行き着いたんだっけ。

「ええと、無駄があってもいい、無駄を愛せよ、みたいな感じ?」

自分で言いながら、やっぱり違う気がした。何が違うのか、わからなかった。

表情で伝わったのか、佳穂は「雰囲気は把握した」と言った。「あたしはね、人生は思い出かな。獣医になりたい理由が、それだから。考えてみれば、何かを決断するとき、あたしは思い出を大事にしてるね」

「へぇ」

「ちなみに、さっきタイムを一瞬だけ見に来た横田先生は、人生はドラマだってさ」

「ドラマ」

「ロマンチストだよねぇ」佳穂は微笑む。「意外ですねって言ったら、ドラマみたいな奇跡は、そうそう起こらないけどなーって言われた。でも、誰かの適当な妄想がSNSで広がった理由、わかった気がするよ。日頃からドラマを求めてるんじゃないかな、あの先生。だから作り話に変なリアリティがあって、広まっちゃったんじゃない?」

「だからって、嘘に乗っかって、からかっていい理由にはならないけどね」

「まあね。嘘は嘘だし」

次は佳穂が走る番だ。わたしはバインダーとストップウォッチを受け取って、テントの下に置いていたベンチコートを羽織った。代わりにベンチコートを脱いだ佳穂が、軽くジャンプして、手首と足首を回している。

「佳穂はさ、小説や映画やフィクションに、救われたことある?」

「ない」即答だ。

「でも、映画を見るの好きでしょ?」

「わたしが見る映画とかドラマは、適当に見れるやつだから。なーんにも考えずに、わははーって笑えるやつ。人生の支えにはしないよ。あくまで息抜き」佳穂は膝に手を当てて、屈伸を始めた。「フィクションって、嘘ってことでしょ？　嘘は頼りなくて怖いな」

「じゃあ、何に救われるの？」

「愛犬とか、家族の応援とか？」脚を開いて腰を落として、肩入れを始めた。「あとはやっぱり、思い出」

「好きな俳優は？」

「応援するのは楽しいよ。でもその俳優がわたし個人を応援してくれるわけじゃないし、救いはしてくれないよね。弟はアイドル追いかけて、妹はゲーム三昧で幸せそうだけど」

「架空のものや小説に救われる人って、どんな人だと思う？」

「そういうのが好きな人じゃない？」

「そういう人を助けてあげたいときって、どうしたらいいかな」

「風香はそういう人じゃないでしょ？　相手に合わせるの、大変だよ。一方的にプレゼンされても何言ってるかわかんないし、やんわり断るとなぜか見下してくるし、押し付けがましいっていうか、うざったいっていうか、最終的にうるさいって怒鳴るしかなくて……」弟や妹とのやりとりで身に覚えがあるのか、佳穂は嫌そうな顔をした。「だから変に合わせず、気分転換を手伝ったらいいんじゃない？　風香ができることで、それこそ運動とか、一緒に走るとかさ」

「その人、ランニングとか苦手だと思う。マラソンは友情破壊スポーツだって言ってた」

「マラソン？　個人競技じゃん。どこをどう破壊すんの？」

「置いていかれるから、とか」

「なんで一緒に走ってるの？　競技でしょ？　的外れな文句だなぁ。風香が傷つく必要ないよ」

「うん……」

「駅伝は？　襷《たすき》をつなぐスポーツ。それも友情破壊なの？」

「どうかな。訊いたことない」

佳穂は、全国高校駅伝や都道府県対抗駅伝に出場経験がある。わたしは長距離やマラソン専門だ。襷の重みや仲間のための走りが、どうも肌に合わないから。

足を前後に開いて、片膝に手をついて、腰を落としてアキレス腱を伸ばしながら、佳穂がわたしを見上げる。「それ、普通に励ましてあげるとかでもいいの？」

「良さそう。でも、応援されたいわけじゃないと思う」

「なんかめんどくさいなぁ。じゃあ、頑張って走ってる姿を見てもらうとか？　前にも言ったと思うけど、駅伝に勇気を貰う人やオリンピックに感動する人って、いるでしょ。その要領でさ」

「スポーツに興味もないと思う」

「なら無理だよ。土俵が違う。風香は、小説は映画やフィクションに、救われたことあるの？」

わたしは首を横に振った。

「救われる予定はある？」

わたしは迷ってから、首を横に振った。

佳穂は肩をすくめた。「そういうことじゃない？」

わたしの合図に合わせて、佳穂が走り出した。無駄な肉の付いていない、キリンの脚みたいな体が、トラックを回り始める。地面を滑るような走りだ。佳穂は今月の駅伝で引退する。

いつかの司書室で、蓼科先生が言っていたことを思い出す。

——だって、たかが本です。されど本かもしれないけど、それでも、所詮は本。

だって、たかが走り。されど走りかもしれないけど、所詮は走っているだけ。

そういうことかも。

小説が万能ではないように、運動で魅せるかっこいい姿も、努力の証《あかし》も、万能ではない。誰かを救うかもしれない。でも誰も救わないかもしれない。誰かにとって大切なものが、誰かにとっては無駄なもの。つまり明戸さんにとってわたしの走りは、価値のないもの。

それは悔しいな。


終業式が終わって、月曜日を迎えた。恭一郎くんの高卒認定試験合格お祝いと、織合さんの書籍修繕完了お祝いの日だ。集まるメンバーは、恭一郎くん、織合さん、わたし、明戸さん、みえこさん、柊木さん、それから、織合さんの関係者がふたりと聞かされている。わたしはこのところ部活三昧だったから、関係者ふたりの詳細を知らない。

お昼から『アトガキ』に行くと、明戸さんが奥のテーブルでこちらに背を向けて、ノートパソコンのキーボートを叩いていた。パチ、パチパチ、カタカタ、カタ、不規則なリズム。

キッチンからいい匂いがした。スイーツの甘い香りだ。何か作っているみたい。

キーボードを打つ音が止んで、明戸さんがノートパソコンを閉じて立ち上がった。「みえこさんと柊木さん、花束を受け取りに行ってる」つっけんどんな口調だ。「いま、パウンドケーキとキッフェルンを冷ましてるところ」

「楽しみだね」

「ふたりが帰ってきたら、椅子とテーブル動かすから」

「わかった。わたし、いま、『星の王子さま』を読んでるんだ」

「へえ」と言い残し、マグカップを片手に、明戸さんはキッチンへ引っ込んでしまった。

明戸さんと顔を合わせるのは、堤防で歩いた日以来だ。わたしたちの間は、まだ、ぎくしゃくしているらしい。

わたしはマフラーを外してコートを脱いで、ドア近くの椅子に座る。スマホを取り出すと、メッセージが入っていた。佳穂からだ。「昨日はありがと！」「走ってて凍え死ぬかと思った」。

昨日の全国高校駅伝には、部員全員で京都へ応援に行った。霜《しも》が降りるくらい朝が冷え込んで、昼間も風は強く、空は曇り続け、一瞬だけ雪が舞った。とにかく寒い一日だった。前日があたたかい日だったので、余計にそう感じた。極寒のせいか、どの高校も記録は振るわず、うちの陸上部の結果もまずまずだった。複数の意味を込めて、「本当におつかれさま」と返信する。「あれから体調はどう？」と送ると、返信はすぐに来た。「ピークは過ぎた！」「最後の駅伝で二日目とかほんと最悪」「冷えて腰も痛いし」。「酷いときは病院行きなよ」「あとは獣医を目指すのみだね」「佳穂のこれからを応援！」「頑張って！」と送ると、「ありがとー！」「風香もね！」と返ってきた。

高校陸上のシーズンは、春から秋だ。三学期に大きな大会はない。でも横田先生が、「地域のハーフマラソンに出ないか？」と勧めてくれた。大人に混ざって走っておいで、と。一月と三月に都心で開催されるので、参加を計画している。来年の四月下旬からインターハイの支部予選が始まるから、うかうかしていられない。

ドアベルが鳴った。顔を上げると、恭一郎くんが入ってきたところだった。

「あれ？」と、キッチンから顔を覗かせた明戸さんが言った。「早いな」

「僕だけ先に帰ってきた」

「今日、何かあるの？」とわたし。

「レインボーパレード」と恭一郎くん。「市民団体主催で、にいちゃんと参加してた」

「早く来るならメッセージ送れよ」明戸さんがスマホを弄りながら言う。「報連相しろ。こっちには準備があるんだよ。誰の祝賀会だと思ってんだ」

「あっ、そうか、その手があったか」

「何？　ひとりで完結しないでくれる？」

そのあとすぐ、柊木さんが買い物袋を提げて帰ってきた。中身はオードブルだ。贔屓《ひいき》にしているレストランに頼んだらしい。一緒に出掛けていたみえこさんは、お店側の玄関ではなく、二階の玄関から入ったそうだ。サプライズの花束があるからだろうな、とわたしは思う。恭一郎くんに隠しておかないと。

キッチンのカーテンをめくって、みえこさんが現れた。「柊木さん、砂糖を振るの、手伝っていただける？」

「もちろん」

「じゃあ、そろそろテーブルを」と明戸さん。

ブブ、とカウンターの上のスマホが震えた。単語帳に赤シートをかざしていた恭一郎くんが、そのスマホを手に取った。画面を確認して、単語帳を閉じて、カウンター上の小物を片付ける。

「僕、にいちゃんたち迎えに行ってくるね。定本さんも一緒に行かない？」

わたしは『星の王子さま』を読んでいた。ちょうど十七章を読み終わったところだったので、明戸さんと一緒にテーブルを動かすつもりだった。

「ふたりで行ってくれれば？」明戸さんの口調は冷たかった。

外に出ると、冬特有の澄んだ夕暮れが広がっている。わたしはマフラーを巻きながら、階段を上がった。「手伝わなくてよかったのかな、準備」

「僕が頼んだの。定本さんとふたりきりにしてほしいって」

恭一郎くんがスマホをかざした。わたしの知らないタイミングで、明戸さんにメッセージを送ったのだろう。

「回りくどいことしてごめんね。駅まで歩きがてら、いい？　遠いけど」

「いいよ」

わたしたちは、坂を下っていく。

「定本さん、明戸さんと喧嘩してるの？」

「喧嘩じゃないけど、気まずい感じ」

「ああ、あるよね。自分のなかの何かが邪魔して、うまく喋れない感じ」

居心地の悪さ。原因は、わたしのなかにあるのだろうか。それとも明戸さんのなかに。

恭一郎くんが切り出す。「僕が話したかったのは、今日の祝賀会に来る、にいちゃんの関係者のことなんだ。全員に許可は貰ってるから、安心して」

「許可？」なんだか重要そうだ。でも恭一郎くんは、普段通りの軽い口調。口元に白い息が踊っている。

「にいちゃんの関係者っていうのは、定本さんが知らない人と、知ってる人。知らない人は、にいちゃんの恋人。これは、にいちゃんが修繕した蔵書三百冊のうち、百七十五冊の所有者。もうひとりは、その恋人のお姉さん。蔵書が水濡れして困ったにいちゃんと恋人が、そのお姉さんに相談して、お姉さんが明戸さんに相談して、明戸さんがみえこさんを紹介した」

「もしかしてそれ、蓼科先生？　同級生って言ってた」

「あー、うん」恭一郎くんが、ちらとわたしを見た。鼻の頭が赤くなっている。「にいちゃんの恋人は、蓼科先生の弟。ふたりとも、男性が好きってこと」

わたしは黙って、いろいろ考えて、切り出した。「そのことを、恭一郎くんの口からわたしに告げるのって、良くないと思う」

「わかってる。アウティングだよね。ごめん。突然こんな話をして。けど、にいちゃんと翔太さん……にいちゃんの恋人は、僕伝手にカミングアウトしてもいいって、言ってくれてる。蓼科先生にも話は通してる。僕が頼んだんだ。僕の責任で、伝えておきたかった。僕が口を滑らせる前に」

「恭一郎くんが？」

「一度、アウティングまがいのことをしちゃったんだ。にいちゃんの前で、話の流れで、明戸さんに、ぽろっと」

ははは、と零れた笑いは、いつもより弱かった。

「にいちゃんって、自分のことを自分から話さないんだ。必要になったら言うって感じ」

わたしは頷く。本を修繕している理由も、流れで教えてくれた。

「にいちゃんの恋人の翔太さんって、すごくいい人でね。僕のこと、弟みたいにかわいがってくれて、よく一緒に出掛けるの。そのときは銭湯に行った。駅の近くの、古い銭湯。壁の富士山のイラストが、現代アート風にリノベーションされたって聞いて、行ったの。すごかった。かっこよかったよ。そのことを明戸さんに話した。世間話のつもりだった。そうしたら、アウティングになっちゃった」

おにいさんの恋人と一緒に銭湯。「それだけで、気づいたの？」

「明戸さんは気づくよ」

不注意だった僕も悪いけど、と恭一郎くんが前置きをする。「明戸さんは鋭いよ。繊細なんだと思う」

恭一郎くんが話を続ける。

「そのとき僕は、自分がアウティングしたことに気づかなかった。明戸さんに指摘されて初めて、ゾッとした。いつもそうなんだ。心掛けてるのに、楽しくなった途端、自分の口の軽さを忘れちゃう。人の口に戸は立てられぬ、を体現したのが僕だよ。しかもそれを目の前で見てたにいちゃんは、〝言ってなかったか〟で済ませちゃった。弟にアウティングされたのに」

恭一郎くんの背丈は、明戸さんと同じくらいだ。俯いているいまは、もっと低い。

「本当はね、『アトガキ』で定本さんと話しているとき、ずっと怖かった。いつまた自分が無意識に口を滑らせるのかわからなくて。僕はもう二度と、ゾッとしたくない。でも僕は、僕の常識のどこが世間の常識から外れているのか、把握しきれてない。僕にとって、にいちゃんはずっとにいちゃんだからさ」

間を空けて、唇を舐めてから、「偏見と一緒」と恭一郎くんが呟く。「僕のなかだけの、無意識の常識があって、それが世間のマジョリティと合致してない」

「だけど、織合さん本人の口から話してもらうのは、違うの？」

「にいちゃんは、言っても言わなくてもいいって感じなんだ。今日、翔太さんが『アトガキ』に来て、定本さんが気づいたら、〃言ってなかったか〃で終わらせてたんじゃないかな」

翔太さんって人が来ても、わたしはたぶん、「そうなんだ」で終わっていたと思う。

「でも僕は、事前に確かめたかった。また自分が気づかないところで、アウティングしてたかもしれないでしょ。定本さんが気づかなかったふりをしてくれてた可能性がある。自分が失敗してるかどうか確認したくて、にいちゃんにお願いした。僕から伝えてもいいかな、って」

わたしは首を横に振った。「気づかなかったよ」

恭一郎くんは苦笑した。「よかった」白い息が空気に溶ける。「僕の失態をいちばん先に知るのは、僕であるべきだと思ったんだ。すごくわがままなお願いだけど、にいちゃんは、僕を信頼してくれた」最後だけ声が震えていた。赤い鼻を啜って、「僕は、普通に合わせるのがすごく苦手。でも、それでも、どうにかやっていかなくちゃいけない」

「間違うことは、誰にでもあるよ。間違えたあとの態度が、大切だと思う」

「取り返しのつかないこともあるでしょ。信頼って、わりと呆気ないよ。僕は、失敗したくないんだ。失言したくない。できるだけね。ほんとだよ。だから、模索してる」

「自分にできる方法を、探してるってことだね」

「そう。僕ができる範囲で、誰の信頼も裏切らず、誰も傷つけない方法を。にいちゃんと翔太さんは、僕を応援してくれた。だから許可を貰って、いまに至るというわけ」

わたしは頷く。「話してくれて、ありがとう」

うん、と俯き気味の恭一郎くんが、次に踏む地面を見ながら微笑んだ。

「翔太さんはオープンな人でね、SNS上でも、ニックネームに顔写真付きでカミングアウトしてる。コミュニティにも積極的に参加してて、今日のパレードに参加しないかって声をかけてくれたのも、翔太さん。顔が広くて、気さくで、友だちが多い。誰とでも分け隔てないんだ。おかげでも僕も、学校の外に知り合いがたくさんできた」

明るい人なのかな。会うのが楽しみだ。「大きなパレードだったの?」

「規模は小さいよ。でも、たくさんの人が参加してた。いろいろな人が」

駅前の通りの信号に引っ掛かった。

恭一郎くんのポケットで、ブブと音が鳴った。スマホだ。取り出してから、「あらら」と恭一郎くん。「にいちゃんたち、遅れるって」

連続でブブと鳴った。恭一郎くんは画面を見たまま、「ん」眉を上げる。

「明戸さんがバスに乗ったって。駅前に来るみたい。ジュースを買ってくるように言われたって」

「近くのスーパーじゃなくて?」

「駅前の大きなスーパーで、好きなのを人数分買っておいで、だってさ」

信号が青になる。

わたしは尋ねた。「恭一郎くんは、自分は普通じゃないって思ってるの?」

「いや、普通がわからないって感じかな。普通って、すごく曖昧な概念でしょ。みんながなんとなく共有している、複雑な価値観でできた、ぼんやりとした集合体。真っ平らに普通な人はいなくて、人それぞれ凹凸がある。僕は特に、凹凸が激しいと思う」

「じゃあ、普通って必要ないと思う？」

「ないんじゃないかな」

「わたしは、必要あると思う」

わたしにとっての当たり前は、誰かにとっての当たり前じゃなかった。放課後に遊びに行った友だちの家のリビングには、トロフィーや賞状が飾られていなかった。ランニングシューズを持ってない子ばかりだった。走ることが苦手な子もいた。身体の使い方が下手な子もいた。生まれつきの持病で走れない子も。全部、小学校に入学して知った。びっくりした。「変なの」って思うことばかりだった。友だちが言うには、わたしも「変」だった。パパとママはわたしに、「みんな変わってるんだから、変わり者は存在しないよ」と言った。わたしも最初は、そう思っていた。でもやっぱり、変わり者は変わり者だと思う。

「恭一郎くんの集合体って言い回し、すごくしっくりきたよ。普通って、みんなの共通してる考えとか、認識ってことだよね。それって、大事なものだと思う。普通がないと、困ると思う」

「そうかな」恭一郎くんは首を傾げている。噛み合わない歯車を、修正しようとしているみたいに。「普通って概念があるから、困ってる人がいるんじゃないの？　強制されて、合わせなくちゃいけなくて」

「なくなると困る人もいると思う。たとえば、時と場所に合わせた格好とか、相手への尊重とか、生活力を身に付けることは、大事だよ。普通がわかると、ほっとするときもある。だからね、普通をなくすんじゃなくて、普通から遠くてもいい、無理に合わせなくてもいいってことにすれば、うまく回っていかないかな」

恭一郎くんが黙った。わたしが横を見ると、目が合った。「ああ……」と、その目が逸らされた。「それも、一理あるかもね。けど、それは……ごめん、うまく呑みこめないまま喋るけど、それは傲慢でもあると思う。普通側に簡単に立てる人の、傲慢。普通がわかる人の傲慢」

「わたし、昔はかけっこばかりやってて、風香ちゃんと遊ぶと疲れる、普通の遊びがしたいって言われたことがあるんだけどね、トランプとか縄跳びも、やってみたら楽しかったよ。親戚のお葬式に行ったとき、事前に作法を教えてもらったから、お焼香もすんなりできた。風邪を引いたらどう過ごせばいいのかわかるし、普通じゃないかもって気づけたから、膝の故障も、あれ以上悪化させずに済んだ」

「普通や常識にも種類や性質があって、ケースバイケースってこと？」

「うん。必要な普通や常識も、あると思う。でも、恭一郎くんの言う通り、わたしは傲慢かもしれない。わからない。いままで自分のことを傲慢だって思ったこと、なかったから」

「どうかな。僕もわかんなくなってきたな……」

答えは出なかった。

駅に着いた。

わたしたちの次に駅に到着したのは、織合さんと翔太さんの乗る電車ではなく、明戸さんの乗るバスだった。もこもこのダウンジャケットを着た明戸さんが降りてきて、駆け寄ってきた。

「カフェに入ってればいいのに」

「だって、入った瞬間に出なきゃいけないかもでしょ」恭一郎くんが答えた。わたしたちは、バス停近くのベンチに腰かけていた。

明戸さんが眉をひそめる。「織合さんたちは?」

「連絡なし」恭一郎くんのスマホは、うんともすんとも鳴らない。「蓼科先生は電車で来るって聞いてるけど、見当たらず」

明戸さんはわたしを横目で見た。「ふうん。恭一郎、あのこと、話したんだ」

「無事にね。お気遣いいただきありがとうございました」

わたしたちは、誰も蓼科先生の連絡先を知らない。蓼科先生を祝賀会に招待したのは織合さんだ。わたしたちが知っているのは、大人三人は駅で合流して、『アトガキ』に向かう段取りだってこと。蓼科先生は、パレードに参加していないらしい。

「にっちもさっちもいかないわけだ」明戸さんがまとめた。「織合さんたちはともかく、蓼科先生は駅裏で待ってるかもよ。『アトガキ』の場所知らないはずだし」

「そうかも。僕、見てくる」恭一郎くんが立ち上がった。「ふたりはここで待ってて。行き違いになるかもしれないし」

冬空の下に残されたわたしたちは、ベンチの端と端に座った。

スマホを取り出すと、もうすぐ四時だった。

ひとり分空けて座った明戸さんが、前を向いたまま言った。「祝賀会、揃ったら始めましょうね、って、みえこさんが」

うん、とわたしは返した。「最近、どう?」

「どうって、何?」

「小説、書いてるの?」

明戸さんの顔が、険しくなった。「書いてるけどね」

含みのある言い方だ。「悩み事?」

「別に」

喋りたくないみたい。わたしはベンチに凭れた。

ピッポー、ピッポー、と遠くで、信号が青になった音がする。ロータリーに入ってきた車が真っ赤で、映画に出てくるみたいな角ばった古めの外車で、目を引いた。

「ハッピーエンドにならないだけ」明戸さんが言った。「おあいにくさま。つまりあたしはまだ、あたしとあたしの書く小説を切り離せていない。体質が改善されていない。進歩がない。笑ってもいいよ」

「笑わないよ」

明戸さんは黙ってしまった。

路肩に停まっていた外車が、後部座席に人を乗せ、ロータリーをぐるりと回って出て行った。

「『星の王子さま』、面白い?」明戸さんが言った。

わたしは素直に答える。「難しい」

「だろうね。『走れメロス』がわからないのに、『星の王子さま』がわかるわけがない」

「『走れメロス』とは、違った難しさだなって思う。なんとなくわかるけど、なんとなくわからない」

「飲み水を求めて、井戸を探して砂漠を歩くでしょ。そこがあたしの二番目に好きなシーン。一番目は、王子さまの最期。井戸を隠す砂漠が美しいわけも、王子さまの故郷を含む星空が美しいわけも、定本さんに理解できるとは思えないな、正直」

馬鹿にした言い方だった。さすがにわたしもむっとした。でも、砂漠や星空をすごいと思ったことはあっても、隠されたものや隠したものを美しいとかどうとか考えたことは、たしかにないかも、と思った。綺麗なものはそれだけで充分綺麗で、そこに何かが隠されているなんて、わたしは考えないから。

「井戸が見つからなかったら、どうするの?」

明戸さんがわたしを横目で見た。「何?」

「喉が渇いてて、飲み水がほしくて、砂漠をさまよって、最後まで井戸が見つからなかったら、干乾びて死んじゃうよ。もしそんな状況になったら、わたしには、砂漠を美しいと思う余裕はないなぁ」

「……そう」明戸さんは視線を手元に落とした。

砂漠で迷う人のために、井戸のマップがあればいいのにな。水を売っている人がいればいいのに。自動販売機があれば……。そういう話じゃないのは、わかっている。『星の王子さま』も、楽しめないまま終わってしまいそうだ。

そういえば、ファミレスが入っている建物の工事が終わっている。ずっと防音シートに覆われていた外壁が、ずいぶんとおしゃれになっている。いつ終わったんだろう。

「定本さんはさ」と呼ばれたところで、くぐもった着信音が遮った。明戸さんがポケットからスマホを取り出し、スワイプして耳に当てる。「はい」

「あ、明戸さん」漏れ聞こえたのは、恭一郎くんの声だ。「駅裏をぐるっと見たけど、先生いなかった。にいちゃんたちがもうすぐ着くみたいだから、改札前で待ってる。ふたりはそこにいて」

明戸さんが耳からスマホを離して、わたしと目を合わせてから、スピーカーにした。

「もっと近くで喋れ」と明戸さん。「マイク付きのワイヤレスイヤホンだろ、これ」

「うわ、なんでばれたの?」

「これ見よがしにカウンターの上に置いてたからだよ。合格祝いで買ったの?」

「そうそう。自分で自分にご褒美」

置いてたっけ。わたしはさっぱり憶えていない。

「あ、出てきた。にいちゃん……」恭一郎くんの声が、尻すぼみになった。「ふたりとも、駅裏に移動してる」なぜか囁き声だ。「プラカードの入った紙袋を持ってるから、コインロッカーに預けに行くのかも。ふたりの雰囲気が良くないので、追跡します」

「声かけなよ」と明戸さん。

「いや、なんか、翔太さんが、行かないとか、気分じゃないとか、言ってる。僕が行くと、気を遣わせそう」

「また何かやらかしたの？　心当たりが？」

「うーん、ある」

恭一郎くんの声がへらりと笑うので、わたしは立ち上がった。「いまから行くね」

「え？」と明戸さんは、わたしの後をついてきた。「なんで？」

「なんとなく」

駅裏のコインロッカーは、寂れた連絡通路にある。通路は立体駐車場につながっていて、駅裏のバスターミナルにも通じている。でも大抵の人が地上のアーケード下を通るので、人気は少ない。コインロッカー自体も古くて、ＩＣカード未対応だったはず。

連絡通路手前の角に、恭一郎くんがいた。コインロッカーのほうを覗いている。忍び足で近づくわたしたちに気づいて、ちょいちょいっと手招きした。「蓼科先生もいる。込み入ってる感じ」

「探偵かよ」明戸さんが小声で突っ込んだ。

なんとなく来てしまったけれど、盗み聞きは良くない。やっぱり改札前で待っていようよ、と言いかけて、聞こえてきた話し声に遮られた。

「いいよな、慎は親が理解してくれて。僕の味方は姉だけだ。どこにいても部外者の気分だよ」

知らない人の声だ。たぶん、翔太さん。悲痛な声。

「翔太」と、これは織合さんの声。「せっかくみんなが準備してくれたんだ。俺が直した本だって、半分は翔太の」

「だからって、無理矢理、明るくなれって？」

「今日のあれは最悪だったけど、翔太があんな悪意に巻き込まれなくてもいい」

恭一郎くんが、じっと聞き耳を立てている。明戸さんも真剣な表情だ。わたしは悩み、留まることを選んだ。

「悪意を透明化してきたから、解決が遅れてきたんだろ」翔太さんの声には、強い芯が在る。

「前も言ったけど、僕がゲイのアセクシャルってことを隠さないのは、僕を押さえつける力を跳ねのけたいからだ。カミングアウトが、僕を保つための、唯一の方法だった。罵詈雑言を浴びるためじゃない」

「そうだな」

「僕はアイコンじゃない。誰かを感動させるための道具じゃないし、啓蒙家でもない。讃《たた》えられて、持ち上げられて、戦うなんて、本当は頼まれてもやりたくない。僕はただ、僕として生きているだけだ。誰かの意義や理由じゃないし、教材でもない。僕自身に、意味や理由なんて必要ない。生きることに理由なんかなくていいはずだ。どうして僕らだけが、自分らしく生きていく理由を探して、他人に説明して、主張しなくちゃいけないんだ。僕たちは物語の主人公じゃないんだ」

「うん」と織合さんの相槌。それに重なってもうひとつ、「そうだね」と力強い相槌が聞こえた。蓼科先生の声だ。わたしの知らない声音。

「僕には、権利と自由がある」翔太さんが続ける。「あるのに、ないことにされてるのが、すごく、すごく悔しいし、苦しい。ふざけんなよって思う。ずっとここにいて、これからもずっと、居続けるのに。僕の生き方を、利用しないでほしいだけなのに」

「うん」と蓼科先生。「でもね、せっかく、ケーキまで焼いて、準備してくれたんだよ」

「わかってる。本当にごめん。いまは心から素直に祝えないし、喜べない。こんな感情で行っても、空気を悪くするだけだ。恭一郎にも、悪いことしたな」

恭一郎くんの肩が、ぴくりと動く。

「僕にとって、今日は全然おめでたい日じゃなかったけど、慎は、本を直してくれてありがとう。姉さんも、プラカードを作ってくれてありがとう。ほんと、行けなくて、ごめん。楽しんできて」

「じゃあ俺も帰るよ」

「馬鹿言うな。慎は主役だろ。僕に合わせなくていい。姉さんも行って」

「でもね」

「頼むよ。しばらくひとりにして。恭一郎に、合格おめでとうって伝えてくれると嬉しい。来てくれた子にも、お礼をよろしく。僕の本の快気祝いに、集まってくれたんだろ？　ほら、荷物貰うから。待たせてるし、早く」

そうして、タンタンタン、と足音が遠ざかっていく。

立体駐車場に向かっていったそれが聞こえなくなってから、「ありがとう」と恭一郎くんが小声で言った。そして息を吐き、片手を口に添えて、

「にいちゃーん」

わざとらしく呼んだ。「どこー？」と言いながら、足音を立てて角を曲がる。明戸さんが続いて、わたしも続くと、コインロッカーの前にふたりが立っていた。織合さんと、いつもより私服っぽい蓼科先生だ。

蓼科先生は、細かなレースの裾が綺麗な、まるで西洋人形みたいな、ふんわりとかわいらしいシルエットのワンピースを着ていた。

翔太さんと織合さんは同棲していて、自家用車を共有している。今日はパレードの荷物があったので、車で駅まで来て、電車に乗り換えて会場に向かった。祝賀会の前に荷物を車に置き、祝賀会後に駅に戻って車で帰る予定だったそうだ。

「パレードの終盤にトラブルがあって、その対処に追われて、連絡ができなかった。待たせてごめんな」

織合さんの言葉に、わたしたちはそれぞれ頷いた。

「翔太がトラブルの対処にかかりきりで、今日は悪いけど行けないって」

「何があったの？」と恭一郎くん。「祝賀会、延期する？」

「大丈夫」とだけ、織合さん。

蓼科先生とは、もともとコインロッカー前で待ち合わせをしていたそうだ。先生は四時まで研修に出かけていたそうで、その荷物を翔太さんたちの車に載せてもらう手筈だった。

「そこらへんの連絡、ちゃんとしてよ。探し回ったんだけど」

明戸さんの文句に、ふたりはただただ申し訳なさそうな顔をした。

わたしたちは理解している。それどころじゃなかったってこと。何かの事態があったらしいこと。でも何も訊かない。大人ふたりが、何も言わないから。

「翔太の分も、ケーキを貰って帰っていいかな」織合さんが呟く。

「いいんじゃない？」恭一郎くんが先に答える。

「みえこさんなら用意してくれるよ」明戸さんも後押しする。

わたし以外のふたりは、あえて空気を読まない振る舞いをしていた。恭一郎くんは普段より調子が良くて、明戸さんはわがままな子どもみたいに、「なーんか空気重いね」とか「パレードと研修で疲れてんの？」とか、愚痴ばかり垂れていた。わたしは「そうなんだ」「そうなの？」ばかり言っていた。

ジュースを買ってバスで『アトガキ』に戻ると、支度はすっかり終わっていた。翔太さんのことは、最初に「それは残念」とみえこさんが言ったきり、誰も触れなかった。「それは残念」以外の何ものでもないからだ。

祝賀会は六時を回ってから始まった。小さなブーケを受け取って、恭一郎くんと織合さんは恥ずかしそうに笑った。目尻の下がり方と口角の上がり方が、よく似ていた。蓼科先生は時折、壁一面の本を眺めて、嬉しそうに目を細めていた。プライベートで先生と会う機会は珍しい。それはきっと先生も同じだ。でも生徒を前にすると、教師スイッチが入るみたいだった。空気感や話し方が、どうしても先生っぽかった。

午後九時前に、会はお開きになった。

織合さんと蓼科先生が、家の近くまで送ってくれることになった。

「盗み聞きしてただろ。翔太の話」

歩きながら言われて、わたしと恭一郎くんは固まった。すぐに白状して謝った。いいよ、と織合さんは笑っていた。「ま、声かけにくいよな、あの雰囲気は」

「何があったの？」と恭一郎くん。

「パレード中に見知らぬ人から、本当の愛を知らないとか、かわいそうとか言われたんだよ」

「かわいそう……」わたしは繰り返した。乾いた言葉に思えた。

「ああいう場に出ると、なぜか同情される。他にも、応援してます、理解してます、友だちになってください、恋愛相談に乗ってください、惚気《のろけ》を聞かせてくださいとか言われる」

「にいちゃんもさ」と恭一郎くん。「祝賀会、無理に参加しなくてよかったんだよ」

「いや、俺は傷ついてないよ。俺と翔太は、別の人間だからな。ひとくくりにしちゃいけない。

物事や他人に腹を立てることができるのは、翔太のいいところだよ」

「わたしもそう思う」と蓼科先生。「たぶんまだ怒ってるよ、翔太。怒りながら夕ご飯食べてる」

「肉でも食ってるだろうな」と織合さん。「傷ついて、落ち込んでも、あいつは大丈夫だ。しっかり怒って、しっかり立ち上がって、またパレードに参加する。俺にはできない」

蓼科先生が目を細めた。「慎くんは、ほんとにコミュニティ嫌いだよね」

「人混みはめんどくさいよ。俺はもっと言えば、応援されても嬉しくない。何に同情されてるのかさっぱりだ」

わたしは尋ねる。「織合さんがパレードに参加したのは、どうしてですか?」

「翔太に誘われたから。あんなふうに、声を上げていくことは大切だよ。弁《わきま》えとか品とかで押さえつけられて、無視されてきた分、まずは黙らせてきた側をうるさいと思わせなきゃいけない。困ってる人がいて、主張があるんだって、世の中に知らせないと。シュプレヒコールしていくんだ。その方法が、俺には向いてないってだけ」

わたしの隣で、恭一郎くんが視線を下げた。「僕、わかってなかったな、翔太さんの気持ち。翔太さんって、僕の前では気のいいおにいさんでいてくれるから、甘えてたかも。どこかで翔太さんを傷つけていたかもしれない。無意識に……」

「気にしなくていい。普通でいたらいいよ」織合さんは微笑んでいる。「〝他人に寄せる心配なんて、この世でいちばん不必要〟なんだろ?」

「その普通って、いつも通りってこと？」

「おまえが、いつも翔太に接しているような態度ってこと。誰かの意見に同調したり、気分や機嫌でその人の味方になったりするんじゃなくて、自分の考えに基づいて動く。もし失敗したら、翔太は指摘してくれるよ」

「そうかな……」恭一郎くんは、小首を傾げた。「にいちゃんのことも、わかってなかったよ、僕。兄弟で、こんなに近いのに」

「当たり前だろ。言わないことを選ぶ権利が、俺にはある」

「言ってよ。寂しいよ。家族でしょ？」

織合さんが微笑のまま眉を下げ、蓼科先生が優しく言った。「それは、慣れたほうがいい寂しさだね。織合くんはあなたのための存在ではない」

存在。わたしの口から白い息が漏れて、流れていく。

そうだ。誰も、わたしのための存在ではない。わたしは誰かのための存在ではない。なら、明戸さんのために何かできないかなって気持ちは、誰のためのものだろう？　わたしはどうして明戸さんのためになりたいんだろう？　感謝してるから？　友だちだから？　解消されたのに？

違う。誰かのためは、理由になるからだ。わたしはまだ、何かをするための理由を探している。上の句を求めて、下の句を探して、理由に捕まって。わたし、変わったと思ったのに、変わっていなかった。成長していなかった。

成長のない時間は、無駄なのかな。無駄な時間はないほうがいいのかな。無駄を減らすことが普通なのかな。普通がないと困るなんて、傲慢？　傲慢なわたしにできることって何？　白紙の時間を愛することはできる？　わからない。わからないから、考える。たぶん、感情に従ったほうがいいことと、理性に従ったほうがいいことがある。考えなくちゃいけないこと、他人に合わせたほうがいいこと、自分で発見すべきこと、アドバイスを貰うべきこと。ケースバイケース。

わたしは、わたしのことは、わたしが考えたい。

「今日は来てくれてありがとう。嬉しかったよ」

別れ際、そう言った織合さんの耳が、ほんのり赤かった。

「先生も楽しかったです。ではまた、学校で」

蓼科先生は、どこまでも蓼科先生だった。司書室にいるときや、授業をしているときみたいに、穏やかな雰囲気を纏っていた。

「勉強とか、お互いがんばろー」

片手を軽く掲げた恭一郎くんに、わたしも似たポーズを返した。

年が暮れて、明けた。祖父母の家に挨拶に行って、学校の課題を終わらせた。毎年恒例の箱根駅伝と、今年はそのドキュメンタリーも見た。復路で総合優勝が決まって、選手や監督のインタビューが流れて、過酷な道のりを支えた家族や恩師とのドラマが特集されていた。どれもあまり、興味が持てなかった。それよりフォームとかペース配分とか、技術的なところが知りたかった。

三学期が始まった。横田先生の苗字が〝東海林〟に変わった。今年度中は旧姓なのに、部活では「横田先生」と「東海林先生」が飛び交った。「東海林先生」とからかわれるたびに、「まだ横田」と先生は訂正していた。あまり、いい光景じゃなかった。

「ドラマチックな出会いだったんですか?」休憩中、部員が横田先生に尋ねた。「そういうのを夢見てたんでしょ?」

「なれそめ聞かせてくださいよ」別の部員が乗っかった。「甘ーいやつ」

わたしはベンチコートで三角座りをしながら、それを聞いている。

「よし、大人として、アドバイスしてやろう」横田先生はバインダーを閉じた。「たしかに先生は、ロマンチックな映画が好きだ。『ローマの休日』は見たことあるか?」

「ないです」「ない」

「そうか。ま、機会があったら見てくれ。いい映画だから。でもな、映画は作り物だ。嘘なんだよ。本当は、人生のほとんどは、しょうもないんだ。可も不可もない」

「人生はストーリーじゃないんですね」わたしは口を挟んでいた。横田先生とふたりの部員が、わたしを向いた。

「そうだな」先生は頷く。「人生は、どこまでも現実だ。しょうもないリアルをひとつずつ積み重ねて、大人になって、歳を取っていくんだぞ」

「うわ、説教臭い」部員が茶化した。

進路希望調査があったので、夕食のとき、ついでに両親に告げた。

「入試は、スポーツ推薦を使おうと思ってる」

「いいんじゃない？」とママ。「成績の評定は大丈夫？」

「うん」

特に苦手な古典は、一年生のうちに単位を取り終わっている。社会系科目は地理を選択しているし、国語も、塾の予習と復習でどうにかなっている。

「風香は、プロを目指してるの？」

「考え中。大学で陸上をしながら迷いたい」

パパがにやりとする。「そんな意識の低さでプロになれるかな？」

「難しそうなら、そのとき考える」

「そうか」

「もしわたしが、全然違う分野に行くとか、就職するとか言ってたら、どうしてた？」

「いいんじゃない？」

ふたりとも、推薦に同意したときと同じ調子だった。「風香が決めたことを応援するよ」とママ。「陸上を家族でやってきた分の寂しさはあるけど」とパパ。快く背中を押されて、わたしは明戸さんを思い出した。

「家族に応援されないのって、つらいよね」

「まあね。でも、孤独もいいと思うよ」「そうそう、それはそれで」両親は鍋をつつく。「つらいかどうかは、本人が決めることだから」

明戸さんは、本当につらいのだろうか？

明戸さんにとって、小説は万能だ。

わたしが何かしなくても、明戸さんは。


土曜の部活終わりに、佳穂の引退式が行われた。小さな花束と餞別のフェイスタオルを先生が用意して、部員の前でわたしが渡した。あたたかな拍手が送られた。このために制服で登校してきた佳穂は、嬉しそうだった。

「風香の走り、期待してるよ」

帰り道、コンビニで肉まんを奢ったら、佳穂がわたしの背を叩いた。

「インターハイ、見に行くから」

「ありがとう。頑張る」

「あと、学内マラソン大会もね。今年もぶっちぎりで優勝するんでしょ？」

「そうだね。そうする理由は、特にないけど」

「あるよ。二年連続で優勝したら、トロフィーに名前が刻まれるじゃん」

そういえば、そうだった。

「それに、学年とかクラスとかが絡むマラソン大会は、人生最後かもしれないよ」

「たしかに」

「あーあ、いつの間にか、どんどん終わっていくなぁ。そのうち思い出になっていくんだろうな。マラソン大会も、こうやってコンビニで肉まんを買い食いしたこともさ」佳穂は溜息を吐いた。「最近見た映画が良かったんだよね。青春系のやつ。影響受けてるなぁ、これ」

わたしは切り出す。「この前、フィクションに救われた人のこと話したよね。憶えてる?」

「憶えてるよ」

「フィクションが味方だったってことは、その人は孤独だったのかな。救ってくれる人間が、傍にいなかったってことなのかな。それともその人は、フィクションでしか救われない人なのかな」

突然のわたしの質問に、佳穂は「んー」と熟考してくれた。

「どうかなー、わかんないなぁ。孤独じゃないけど孤独を感じるときってあるし、いまのその人には助けてくれる人がいるかもしれないし、フィクションでしか救われない人かどうかも、わかんないよね。思わぬことに助けられたりするし」

「わたしの走りは、誰かを救うと思う?」

「救うよ!」

佳穂は最後まで、そこだけは譲らなかった。わたしの走りを信じてくれている。嬉しい。でも、しっくりこない。無駄を愛せよってフレーズも、ずっとわたしの周りを漂っているだけで、わたしに入ってこない。

帰宅して、ご飯を食べて、パパとランニングして、お風呂に入って、髪を乾かして、ストレッチ。数学の課題を終わらせた頃、窓の外で雨が降り出した。久々の雨だった。明日の朝は冷え込むみたいだ。

「学内マラソン大会で優勝するから見ててね」と、明戸さん宛てのメッセージを、スマホに打ち込んでみた。意味のない、無駄なことの気がして、送信せずに消した。無駄でもいいはずなのに。わたし、一体何がしたいんだろう？

『星の王子さま』を開く。二十五章の冒頭に、何を求めているかわからずに、やたら動き回る人のことが書いてある。王子さまはそんなことする必要ないって言う。わたしはしてもいいと思う。二十五章の最後まで読む。『星の王子さま』は全二十七章。あと二章で読み終わる。良さはわからない。閉じてデスクの端に置く。

わたしはずっと、走ってきた。故障をして、走ることを休憩して初めて、その理由がないことに気づいた。わたしは、走ることが得意なだけの人間だった。この先も走り続けるなら、走る理由があったほうがいいと思った。見つからなかった。見つからなくても、走り出すことができた。理由なんて必要なかった。代わりに、走ることが得意な自分にできることを探した。白紙の時間についても考えた。わたしの人生はメモ帳で、メモを必要最低限しかとらないわたしの人生には、たくさんの白紙のページがある。それでいいんだって思う。無駄がたくさんあってもいいよねって。

でも、わたしはやっぱり理由を探していて、いまはその理由を明戸さんに押し付けている。

自分に向いていて得意なこと――走ることを、上の句や下の句にしたくて。

明戸さんは、無駄を愛して生きていけば？　と言った。わたしにとって読書は無駄なことだ。さらに言えば、読書を愛することは難しい。読書の時間は白紙の時間。白紙の時間を愛するという考え方は、わたしのなかに入ってこない。

いろいろな人の言葉に触れながら、わたしは考えている。わたしのメモ帳に、白紙のページが在ることとか、わたしがここに存在していることとかを。それって無駄なのか、愛すべきことなのかを。

雨がどんどん激しくなってきた。

8

三学期が始まった。相変わらず、あたしは小説を量産している。いずれも暗いバッドエンド。感想はコンスタントに付いている。時々ランキングにも入る。バッドエンドを好む読者たちが、嬉しそうに群がってくる。書きたくないのに書けてしまうから、書いている。止められなかった。書き続けていればいつかきっと、最高のハッピーエンドにたどり着くんじゃないか。淡い期待は淡い期待のまま。

進路希望調査を白紙で出した。進学か就職か、留年かフリーターか、お店を継ぐか、決まらない。あたしは前に進めない。将来の夢は小説家。でも執筆を仕事にしている自分の姿は、想像できなくなっていた。

世界一の小説家になってやる、って気持ちは、まだある。そのうち、何かの拍子に、プロデビューするかもしれない。けど、プロとアマチュアの違いって何？　プロのほうがすごいの？　ほんとに？　自分に合っているのはどっち？　世界一の基準って、誰が定めるの？　いつの時代の世界一？　エンドをコントロールできない作家が、やっていけるのだろうか？　あたしにとって小説家は、将来の夢よりも、望む生き方に近かった。評価されなくてもいい。自称小説家でもいい。世間的には負け犬かもしれない。それの何が悪い。なんとなく生きていきたい。なんとなく自分の望む生活を送って、充足して、良い成績とか真っ当な態度とかを求めてきた連中の鼻を明かしてやりたい。そうして小説を書き続けて、あたしにとっての世界一の小説家になって、最期はサハラ砂漠でぱたり。

一月最後の火曜日、まだまだ底冷えする『アトガキ』の定休日に、織合さんが来た。みえこさんと一緒に、資料修繕室を掃除するためだ。

日暮れ前にやってきた織合さんは、菓子折りをあたしに手渡した。バウムクーヘンだった。駅前に新しくできたお店のものだ。

「美味しそう。みえこさんなら緊急で呼び出されてるよ。もうすぐ帰ってくる」

「連絡貰った。歴史書のことだろ？」

「市立図書館で展示するんだってさ」

店内に入って、コートを脱いでから、織合さんが言った。

「結婚式、挙げようと思うんだ」

「え」

あたしは電気を点けるところだった。振り返りながらスイッチを押したので、狭い店内が明るくなった。

「挙げても意味がないとか言ってたのに？」

織合さんは微笑んでいた。

「翔太にとって、挙式は結婚と同時にするものだった。俺にとっては別だった。そのすり合わせが、うまくいったから」

すり合わせがうまくいくこともあるんだ。当たり前か。

「織合さんって、なんで結婚式したいの？」

「言ってなかったか。俺にとって、結婚式はただの機会なんだ。家族と友だちに自慢する機会」

「自慢するの？」

「そうだよ。俺は結構、自慢する。いままでの恋人も、家族には自慢してきた」

「自己顕示欲、強いな」

「だって嬉しいだろ。一緒に生きていく人を決めたんだ。応援は求めないけど、祝福はほしい。それに、法的な権利を望む人がここにいるって意思表明にもなる。正式には、俺が求めてるのは、死に目に会いたいとか、遺産を相続したいとか、税金の控除を受けたいとか、パートナーシップだけど」

「ああ……そういうアプローチ。なるほどね」

式を挙げて、外堀を埋める作戦か。

「じゃあ、子どもは、ほしい？」

織合さんは、ふっと鼻で笑った。

「俺たち、男だよ。どうやって子どもを作ればいい？」

「方法はあるでしょ。子どもがいなくても、幸せ？　むしろいないほうが幸せだったりする？」

「なんだ、それ。どっちでもいいよ。俺には関係のない話」

「子どもって、かわいいらしいよ。かすがいになるんだって」

「ふうん、で終わることだな。類が、俺がゲイだって気づいたときみたいに。子どもをかわいいと思うなら、慈善団体やこども園に寄付して、子どもを守る活動の手伝いをすればいい。かすがいになった子が幸せかどうかもわからないだろ」

「親の仲が良いなら、異性だろうと同性だろうと子どもは幸せでしょ」

「類」

視線が合った。真剣な目だった。

「俺たちの関係は、俺たちで完結する。でも男ふたりが子どもを求めると、そこには女性と子どもが巻き込まれる。男の体では、子どもを産むことはできない。どんな人間も、生まれるには異性のペアが必要だ。これは覆らない。俺たちが子育てをしたいと望めば、女性と子どもも当事者になる。男ふたりが子どもを求めることは、男ふたりの範疇《はんちゅう》を越えることだ。子どもがほしいからください、産んでもらえますか、とは無邪気に言えないんだ」

「いま困ってる子どもを引き取るのは？　助けてほしいかもしれないよ」

「その場合、頼るべきは俺たちみたいな素人じゃなくて、子どもを助けるプロだ。大人の要望を通すために子どもの気持ちを決めつけてはいけないし、勝手に想像してもいけない。俺たちに引き取られることが、その子にとって最善とは限らない」

「最善のパターンもあるよ、きっと」

「もちろん、養子を迎えて、みんなで幸せに暮らしている人たちもいる。何も悪いことはない。

誰だって、家庭を築きたい、子育てしたいと思っていいんだから」

「翔太さんは、子どもがほしいかも」

「そうかもな。だとしても、何かを変えたり、何かを決めるときに生じる問題を、蔑ろにしちゃいけない。必要なのはひっくり返すことではなくて、地道に向き合っていくことだ」

話し合いは、時間と労力がかかる。負担も大きい。たとえば、離婚調停みたいに。

「落としどころを探してる間に、次の問題が起こったら？」

「それでも、事実、感情、意見、立場をひとつずつ分けて、ひとつずつ考えていく。パートナーシップも完璧じゃない。通してください、はいどうぞ、とはならない。ここらへんが、俺と翔太の価値観の大きな違い。あいつは何でもやってみようのタイプだからな。組織にひとりは必要な人材だ。そして俺は、その提案に待ったをかけて穴を探す、異を唱える係」

真反対じゃん。だから喧嘩するんでしょ、とあたしは言いかけてやめた。価値観が違っても、喧嘩しても、すり合わせながら、一緒に暮らしているのだ。仲が良いんじゃなくて、仲の良さをお互いが保とうとしている。うちもそうだったら、また違ったのかな。あたしがいなかったら、ふたりはうまくいっていたのだろうか。

いや、うちはうちか。あたしにかかわらず、うちはずっと、うちなのだ。

「織合さんって、すごく、考えてるんだね」

あからさまに呆れられた。

「俺を何だと思ってたんだ？」

「馬鹿にしてたわけじゃないよ。でもあたしは、織合さんみたいな大人にはなれないって思うから」

「俺も、最初からできたわけじゃない。思考し続けることを、蓼科に教えてもらった」

「先生に？」

意外だ。その驚きが声に乗ってしまった。慌てて訂正する。

「や、別に、深い意味はないけど、先生ってふわふわしてる印象が強いから」

「蓼科はすごいよ。高校であいつに出会えたから、俺は変われたんだ。蓼科のすごさに気づけてよかった」

「もしかして、エウレカ？」

織合さんの眉が懐かしそうに下がった。それが答えだった。

「結婚式の話に戻すけど、共通の知人しか呼ばないから、ささやかなものになると思う。でも、類も、定本さんも、みえこさんも、柊木さんも、招待するから」

「行くよ」

あたしは即答する。

「絶対、行く」

ふたりが結婚できない世界に対する反抗もあるけど、それ以前に、あたし、織合さんと翔太さんには幸せでいてほしいと思っている。あたし個人が、ふたりを祝いたくて、その幸せを願いたくて、参加する。まずは、そこがスタートだ。

織合さんが恋人の蔵書を修繕している、と聞いたとき、あたしはふたりの間にドラマを見出した。ふたりの愛が心地良かった。喧嘩をしても、愚痴を零しても、お互いのことを尊重して、好意的に付き合っている。そういうの、いいなって、思っていた。なんて愚かだ。あたしが勝手に、ふたりの仲の良さに安心していただけだ。ふたりは愛を証明する必要なんてない。極論、愛し合っている必要もない。ただそこにいる。理由はいらない。翔太さんの言葉を借りるなら、ただ生きているだけなのだ。

理由の必要ないことが、世界にはたくさんある。あたしには見えていないだけで、山のようにある。物語を求めていない人が、ストーリーなんてどうでもいい人が、必ずいる。小説は万能、だなんて大嘘だ。小説は人を救う、だなんて勘違い。

やっぱりあたしには、ハッピーエンドに拘る前に、目を向けるべきところがある。

誰かを小説のモデルにするってことは、その人を利用するってことだ。『文字の配達人』を書くために、あたしは定本さんを使った。定本さんを、作中で殺したんだ。

ドアベルが鳴って、みえこさんが帰宅した。あたしは未提出の冬休みの課題を終わらせるために、三階の自室へ移動した。

冷え込んだ部屋のエアコンを点ける。ポケットのスマホが震えた。定本さんからメッセージが来ていた。

「星の王子さま」「読んだよ」「難しかった」

迷ってから、メッセージを送る。

「『星の王子さま』はあたしの好きな本だけど、定本さんが好きになる必要はないよ。そういうのがいちばんめんどくさい。」

「うん」「よくわからなかった」「好きになれないと思う」

じゃあ読むなよ。あたしに合わせようとしなくていいから、ほんと、もう、こんなやりとりするのもやめようよ。——とは、送らない。突き放し方を、間違えてはいけない。

『星の王子さま』を読んだとき、砂漠で井戸が見つからない場合を、あたしは考えなかった。井戸を隠しているから、砂漠は美しい。そのままを、額面通りに受け取った。目に見えないものを抱えているから、それ全体を愛おしく思う。素敵な価値観だ。大好きな王子さまみたいに最期を迎えることができたら、あたしの人生はハッピーエンドもといハッピーデッドで完結する。でも現実の砂漠に、井戸はないかもしれない。定本さんの発言に、得心がいく自分がいる。

メッセージを打ち込む。

「定本さんは、思考がリアル寄りだよね。やっぱり、ファンタジックな作品は合わないと思う。」「現代小説の、現代を舞台にした人間ドラマ系がいいと思うよ。」

お節介にも勧めてしまうのは、どうしたって小説の良さをわかってほしいからだ。全人類に小説の素晴らしさをわかってほしいから。万能じゃないと悟ったくせに。

すぐ返信がある。「そうなんだ」「でもしばらくは」「読書しないと思う」「わたしには向いてなかった」

ああそう。なら、いいよ。送らないでいいから、そういうこと。小説を否定されると、あたしも否定された気分になる。アイデンティティに含まれているから。こんな弱さを隠すための強がり、何の意味もない。わかっている。

「賞の結果」「いつわかるの?」「配達人の小説」

「前も言ったと思うけど、二月上旬。わかったら、こっちから伝える。」

「楽しみにしてる」「またね」

返信すべきかどうか悩んで、しばらく画面を眺めて、アプリを終了した。傷つく必要のないことに傷つくたび、どんどんあたしの嫌いなあたしになっていく。

あれから父親は、一か月に二回くらいの頻度で閉店後の『アトガキ』を訪ねてきて、あたしに接触を試みている。母は一度だけ連絡を寄越した。あたしの好きなように過ごせばいいこと。困ったことがあったら電話してほしいこと。保護者としての責任は果たすこと。大学に行きたいなら生活費と学費は出すから、と電話口で言われて、よくわかってんじゃん、と思った。「あたしの将来のことは、気にならないの?」と電話口で母に尋ねると、「決まってるの?」と質問を返された。その口調は爽やかで、憑き物が剝がれ落ちたみたいだった。

「類、将来の夢や目標を作らなくていいんだよ。理想がなくても、いい」

「そうかな。できるだけ上の大学に行きなさいって、言ってくるけどね。大学に入ってから決めなさい、って」

主語を落としても、父親の台詞《せりふ》だと伝わったのだろう、母はげんなりした口調で、「そう」と切り上げた。

「お母さんは何も望まないから。類が元気でいてくれたら、それでいいよ。でも、元気で過ごせる努力はしてね。困ったときは、遠慮なく頼って。母親をするのは下手だけど、保護者らしいことはできるから」

うちの家族は、誰も家族になる才能がなかった。それでも果たせる役割がある。母は、その最重要事項にいち早く気づいている。父親はまだ、気づいていない。調停で決着はついたのに、世間一般で言う家族や父親に嵌ろうとしている。世間の価値観に縛られて、虚勢を張って、距離感を見誤っている。両腕を広げてもぶつからないくらいが、あたしはいちばん心地良い。

二月に入って、文学賞の結果が発表された。

朝から晴れ渡った、寒い一日だった。夕方の『アトガキ』には、定本さんがいた。昼過ぎに学校で文学賞の結果を送ったら、部活終わりに立ち寄ってくれたのだ。

あたしが『アトガキ』を出る前に来ていた家族連れのお客さんは、もう帰ったようだ。みえこさんはキッチンに引っ込んで、洗い物をしている。あたしは柊木さんの本屋さんでしこたま本を買い込んだ帰りだった。柊木さんが勧めてくれた本も買った。いまなら何を勧められても買うと思う。本が大量に入った紙袋をテーブルに置くと、正面の椅子に座っている定本さんが、「重そう」と感想を漏らした。無言で本を取り出していく。ドカ、ドカ、ドカ。みえこさんに貰ったお年玉を使い切ってしまったが、悔いはない。

「定本さん、織合さんの結婚式の話、聞いた?」

「恭一郎くんから。六月だよね。大会と重なってなかったら、出席するつもり」

「忙しいよね、定本さんは」

「それより、佳作ってすごいよ。本当におめでとう」

あたしは息を吐く。

「すごくないよ。最優秀賞じゃないと、出版社から声もかからない」

「でもわたし、びっくりした。佳作って、最優秀賞、優秀賞、佳作でしょ。三位ってことだよね？」

「最優秀賞は一作、優秀賞は二作、佳作は三作。実質四位タイ」

「それでも充分、すごいと思う」

「定本さんだって、いつもマラソンで表彰されてるじゃん」

一月中旬に、都心でハーフマラソン大会が開催されたそうだ。大人に混ざって参加して、上位に食い込んだらしい。

文学賞の結果は、サイト上で発表された。そこには、最優秀賞と優秀賞の講評も載っていた。三作品はいずれも異なるテーマだった。生きづらさとか、助け合う大切さとか、自立を描いていたそうだ。最優秀賞は各選考委員から讃えられていた。「文句なしのハッピーエンドで素晴らしい！　難しいテーマながら、最後まで物語を運びきった実力に脱帽しました。ぜひこのまま書き続けてください。」「近年は現実の厳しさを反映した暗い作品が量産され、いずれも描写が似たり寄ったりであり、読み手の私は辟易していた。当作品はフラットな目線で登場人物を描き、僅《わず》かな希望を筆に載せた明るい作品であった。それだけで評価に値する。」「僕としては、このような、ささやかな優しさを丁寧に紡ぐ小説が書かれることの、喜びを感じました。一方で途中、単調になっている部分がありました。まだまだ、ブラッシュアップできます。頑張って。」などなど。

「やっぱり、ハッピーエンドじゃないとだめなんだ」

あたしの言葉に、カフェラテを飲んでいた定本さんがカップを置いた。

「明戸さんが、書きたいように書くのが、いちばんいいんじゃないかな」

「書きたいように書けないから、困ってるんだよ」

「書けるように書く、もだめなの？」

「そしたらバッドエンドになる。あるいはハッピーデッド。だいたいあたしがハッピーエンドを書かなくたって、世の中にはそういう物語が溢れてるし、読者はあたしにハッピーエンドを求めてなさそうだし」

「そうなの？」

「バッドエンドの申し子ってコメントを貰った」

自嘲の笑みが漏れる。

「カレー屋に行くのは、カレーが食べたいから。ケーキが出てきたら困る。それと同じ」

夏、あたしはここで、人類はみなハッピーデッドだと言った。人生は一冊のストーリーだ。主人公が死ぬことで完成する。でも小説は、あくまでフィクションだ。フィクションなら、死なずに終わることができる。みんな幸せのまま、幕を閉じることができるはずなのだ。ハッピーエンドの可能性を追求したい。体質改善はうまくいかない。定本さんをモデルにしても、ハッピーデッドもといバッドエンドは避けられなかった。作者の影響を受けない作品なんて、この世に作り出せないんだって、思うしかない。自分に抗《あらが》うのをやめて、受け入れて、バッドエンドを量産すべき。

定本さんは、できることを大切にしている。いいよな、できることがある人は。

椅子に凭れて天井を仰いでいたあたしは、顔だけ定本さんに向けた。

「どうしてここまで付き合ってくれるの？　期間限定の友だちは解消したのに」

「うーん」

定本さんは、積まれた本の塔をぼうっと眺めている。背表紙の文字を読んでいる、わけではなさそうだ。目が動いていない。

「わたしね、前も言ったかもしれないけど、読書家に憧れてるんだ。だから、蓼科先生も、柊木さんも、織合さんも、みえこさんも、すごいなって思ってる。いろいろな本を読んでいる人って、すごいな、って。もちろん、明戸さんにも憧れてる。わたしには、読書の才能がない。だからたぶん、明戸さんと友だちでいたいと思ってる。それだけじゃ、ないけど」

「ないんだ」

「理由についても、まだ考えてるよ。解決したと思ったのに、してなかった」

「へえ。ま、みんな多かれ少なかれ、できないことに固執するからね。放棄しちゃえば楽なのに、プライドが邪魔して見栄を張って、向いてないのに譲れなくて、できるはずだって信じ込んで、自分を騙して」

「わたし、白紙の時間のことも考えてるよ。ずっと」

「無駄を愛するんでしょ？」

「いいのかな、愛することに、まとめちゃっても」

「無駄を嫌うよりいいんじゃないの？　たとえば、あたしたちがいまここで過ごしている時間は、無価値で無駄。非生産的で、非効率的」

だからあたしは、今日のことをいずれ忘れるだろう。あたしの人生からカットされる。母が零す愚痴を聞かされた日々も、父親を邪険にしていることも、のんべんだらりと過ごした休日も、たぶん、不幸を切り離すように。

「定本さんは、意義のないことを大切にする。それが無駄を愛するってことでしょ」

「明戸さんは、カットされちゃう白紙の時間があってもいいって、思ってるの？」

「ないほうがいいよ。少ないに越したことはない」

しばらく黙ってから、定本さんが呟いた。

「もしわたしが学内マラソン大会で優勝したら、明戸さんは元気になってくれる？」

あたしは黙った。じっと定本さんを見た。定本さんは、まっすぐあたしを向いていた。

「それ、優勝を、あたしに捧げるってこと？」

「そんな感じ」

「定本さんの優勝と、あたしの元気は、関係ないよね？」

「そう、だよね。わたしも、そう思う」

ふっと笑った定本さんは、カップを持って立ち上がった。「そろそろ帰ります」と、みえこさんに声をかけている。ああもう、どうしようもないな、あたしは。

あたしのために誰かが頑張ってくれることって、本当はすごく嬉しいことなんじゃないの。気にかけてくれる人がいるだけで、満たされることもあるはずだ。あたしが善人らしい態度を取れないから、みんなあたしから離れていく。あたしを置いていくんだ。時間と距離は、人間関係を希薄にする。友だちを続けるには、相応の努力が必要なのだ。痛いほどわかっているのに。

でもその努力を費やす意味って、どこにあるんだろう。どうせ定本さんも、あたしを置いていく。美しいフォームで、颯爽と走り抜けていく。

「じゃあね、明戸さん」

会計を済ませて、定本さんは店を後にした。カランカランとドアベルが鳴る。

ドアベルが鳴りやむ。

あたしは立ち上がる。ドアを開けて飛び出して、坂道を下る背中に呼びかける。

「あのさ」

定本さんが振り返る。マフラーに埋《うず》めた顔が、あたしを向く。

「ごめん」

あたしの息は、白い。

「ごめん、最優秀賞、取れなくて。せっかく定本さんをモデルにしたのに、定本さんを利用しただけになって、ごめん」

利用、と定本さんの口元が動く。

「ハッピーエンドにする責任も、果たせなくてごめん。他人をモデルにした主人公が、作中で恨みを受けて死ぬとか、ほんと、最悪だと思う。あたし、誰かをモデルに小説を書く資格、ないと思う」

「そんなこと、ないよ」

「あるよ。定本さんは、もっと怒っていいんだ。自分を創作に盗まれたんだよ。ハッピーデッド、いやバッドエンドの小説のネタにされたんだ。作中で作者に殺されたんだよ」

定本さんは、困ったように笑った。事の重要さが伝わり切っていないのは、フィクションというものが定本さんにとって、どうでもいいものだからだ。自分の知らないところで起こる物事に、そこまで興味がない。モデルの許可は出した。その出来や評価は、定本さんにとって、どうでもいい。アマチュア作家の作品なら、なおさら。でも。

「あたし、授業をサボることも、課題をおざなりにすることも、体育祭で手を抜くことも厭わない。ルールも提出日も無視してやるし、みんなと一緒に卒業する気も進学する気も社会人になる気もないし、しなきゃいけないことなんてクソくらえって思ってる。でも小説だけは、小説だけはどうしても、責任を負っていたい」

「責任感が強いんだね」

「違う。手放したくないんだ。縋《すが》ってるんだと思う。錨《いかり》とか命綱みたいなもので、あたしは小説を読むことに救われて、小説を書くことで自分を救い続けてる。自分で自分を支える術《すべ》が、それしかないんだと思う。本当は、変わらなくちゃいけないんだ。そんな心細い支えに依存すべきじゃないんだよ」

「明戸さんは、すごいね。自分で自分を支える力があるんだね」

定本さんの表情は、和らいでいる。

「わたしは、走ることに、そこまで責任を負えない。提出日を無視することも、授業をサボることも、考えたことなかった。やっぱり本を読む人は……」

白い息が、風に吹かれて消えた。

定本さんは、開けた口を閉じた。「そっか」と、唇が動いた。真面目な目つきで、あたしを見上げた。

「じゃあ、また」

「あ、うん、また」

定本さんが、坂を下りていく。上着もなしに飛び出したあたしは、腕をさすって店に戻る。

カウンターで食器を片付けていたみえこさんと、目が合った。みえこさんは壁掛け時計を見上げて、店仕舞いを始めた。あたしは本を紙袋に入れて、自室に上がった。暖房を点ける。紙袋を本棚の傍に置いて、デスクの上の、閉じたノートパソコンを眺める。

三月に入って、学年末テストが終わった。先生たちは口を揃えて、受験の準備がどうとか、誰よりも早いスタートダッシュをとか、浪人生との競争の話をしている。担任の渡辺先生は、受験対策にお勧めのテキストや読み物を教室の本棚に並べた。クラスの士気の高まりを感じる。あたしはひとり、疎外感。

クソみたいなメンタルを引きずって、散々な答案用紙を受け取って、週明け、体操服に着替えて、寒さに震えながら、川沿いの堤防近くに集合した。一年生と二年生強制参加の、学内マラソン大会だ。

天候は快晴。風はほとんどなし。気温は平年より若干高め。空気は乾燥している。

河川敷のグラウンドで入念なストレッチをして、まずは一年生が土手の階段を上って、水筒を道沿いに置き、堤防に並んだ。一クラス三十五人前後だから、一学年六クラスで約二百十人。グラウンドから見上げれば、大群だ。並んだ水筒は色とりどりのピンに似ている。

スタート地点に並ぶ順番は自由だけど、暗黙の了解で、最前列にはスポーツ科が多い。なかには普通科で優勝を目論む身の程知らずもいる。中間あたりには、わいわい騒いでいる人や、やっつけ感を漂わせている人の群れ。最後列には、だるそうに友だちと駄弁《だべ》っている人、独りでじっと俯いている、あたしみたいな人。

ピッと横田先生の笛で、一年生の集団が走り出した。それを見送る、二年生のあたしたち。

「二年の優勝、誰だと思う?」

隣の子が呟く。あたしに話しかけたんじゃない。その証拠に、別の子が「そりゃあ」と答える。

「定本さんでしょ」

「だよね」

「ところがどっこい、トロフィーは俺が貰います」

後ろから男子が割り込んできた。

「見てろよ、サッカー部の走り」

「あんた地区予選止まりじゃん。向こうはインハイ出てるっての」

「そうそう、スタート地点で負けてる」「贔屓ですか」「贔屓ですね」「ずるいなぁ」「文化祭で演劇部がステージ優先されるのと同じだろ」「そうだよ、おまえ、人のこと言えないって」「優勝者が決まってるのに、走る意味ってあんのかな」

一年生の集団が充分離れて、先頭が橋に差し掛かった。向かいの堤防へ渡り、別の橋を渡って、ロの字のコースを走って、スタート地点に戻ってくる。総距離は三キロ。長い。これがきっと、あたしの人生最後のマラソン大会になる。やっと呪縛から解放される。

「二年、そろそろ並べー」

渡辺先生が手を叩く。スポーツ科が前列に自然と並び、あたしたち普通科は各々が並びたい場所に向かう。意気込みのある人たちが、割り込みながら前列へ向かっていく。

ピッと笛が鳴った。周囲が動き出す。あたしものろのろと走り出す。

集団がどんどん進んで、人口密度が減って、人がまばらになっていく。あたしの周囲では、似たような運動下手たちが、のろのろと、脱力した状態で走る真似をしている。突出して足が遅く体力のないあたしは、数多《あまた》の運動下手たちからも取り残されていく。「明戸、走れ！」と後ろから先生の声。「頑張れ！」に圧を感じる。きっといまごろ、定本さんは独走しているんだろう。先頭は讃えられる。中間は楽しみ方を知っている。最後尾は無視されるか応援される。「頑張れ」を惨めに感じる可能性なんて、運動ができる人は微塵も考えない。

サボればよかったな。失敗した。滅びろ、学内マラソン大会。

「明戸さーん」

びっくりして顔を上げると、先の路肩に定本さんが立っていた。

そう、立っていた。立ち止まっている。あたしに手を振っている。「うえっ？」と変な声が出た。

「な、え、何、やってんの？」

近づくと、定本さんははにかんだ。

「走ることができるなら、走らないこともできると思って」

あたしは絶句した。あたしの後ろから、「さ、定本」と横田先生の驚愕の声。

「どうした、怪我か？」

「いえ」

定本さんは、にこにこしている。横田先生は「ああ」とか、「そうか」とか、曖昧な返答をしてから、先の集団を走って追いかけていった。あたしたちのずっと後ろには、ジャージを着た渡辺先生や蓼科先生の姿もある。

「じゃ、行こう」

定本さんが歩き出した。あたしは慌てて隣に並ぶ。

「え、だって、優勝は？　走れるから走ってるんじゃなかったの？　優勝できるから優勝してきたって……、あたしと歩くって、最下位になるってことだよ。いいの？　天下の陸上部のエースが、最下位で？」

「だって、学内マラソン大会でしょ。そんな、躍起になることでもないかなって」

軽快な返答だ。有無を言わせない力がある。あたしは呆れている。呆れながらも、一緒に歩いている。上がった息を整えながら。

運動下手な生徒たちも、一応はマラソン大会の体《てい》を守っているので、身体を上下させて徐《おもむ》ろに走っていく。一方で完全に歩いているあたしたちは、どんどん取り残されて、とうとう周囲に生徒がいなくなった。

「『文字の配達人』のこと」

定本さんが、口火を切った。

「あたし、読むの苦手だから、明戸さんの口から説明してほしいな。どんな話なのか、もう一度、聞きたい」

「え、なんで？」

「興味があるから」

うまく切り返せなかったので、あたしは喋るしかなかった。『文字の配達人』の粗筋を。主人公が恨みを買ってしまうこと。その恨みが、復讐者を護るためのものだったこと。

話しているうちに、橋の中間までやってきた。相槌を挟みながら聞いていた定本さんは、あたしが結末まで喋り終わってから、大きく頷いた。

「やっぱり最優秀賞だと思う。面白かった」

「いや、結果は佳作だったから」

「目標は最優秀賞だったの？」

「応募するならトップ狙うに決まってる」

「そうだったんだ」

横を一瞥すると、定本さんは前を向いていた。

「わたしは最優秀賞を狙ってなかったから、選ばれなくてもよかったんだ」

「そりゃそうでしょ。定本さんは、公募もあたしの将来もどうでもいいんだから」

「ううん。わたしは何位とか受賞とか、そこまで拘らないよ。だから明戸さんに『アトガキ』で謝られたとき、びっくりした。利用されたつもりもなかった。でもあのときは、読書家のほうが物が見えてて、いろいろなことに詳しいから、わたしが鈍いんだろうな、とか思って」

「利用云々については、あたしが意識を変えなくちゃいけないところだよ。利用する意識も、されたときの自覚も、持っておくべきだと思う」

「わたしも意識を変えなくちゃいけない。わたし、わかってなかったんだ。いちばん大事なこと」

定本さんを見上げると、目が合った。

「わたし、いままで、読書家はすごいなぁって思ってた。でも違うんだね。明戸さんが、すごいんだね」

ひえっ。喉から引きつった悲鳴が出た。褒められている。斜め上の角度から。

「何、どういうこと？　怖いんだけど」

「マラソン大会だからって、走らなきゃいけないわけじゃないって、明戸さんが教えてくれたんだよ。そんなふうに考えられるのってすごいよ」

「そんな無責任なこと、言ったっけ？」

「ルールや提出日を無視するのと同じことでしょ？」

「同じかなぁ。ニュアンスが違うと思うなぁ。事の重大さも違うと思うけどなぁ」

「明戸さんは、変わらなくていいと思う。締め切りも流れも無視すればいいし、バッドエンドをたくさん作ればいいと思う。誰かをモデルに小説だって書けばいいんだよ」

「作ったところで、定本さんは読んでくれないじゃん。感想もくれない」

「仕方ないよ。読書、向いてないから」

橋を渡り切ったところで、あたしは立ち止まった。

「こんなことを話すために、わざわざ優勝を手放して、あたしを待ってたの？」

定本さんも立ち止まって、あたしを向いている。首肯される前に、あたしは続ける。

「それ、あたしのために、優勝を諦めたってこと？　やめろよ。迷惑だよ。あたしを理由にするな。白紙の時間とか、それっぽいこと言ってさ、無駄を増やして何の価値があるんだ。どうせ、一緒に走れないからって、途中であたしのこと置いていくんだろ」

「どうしてそんな、酷いこと言うの？」

うまい返しが咄嗟に出てこない。あたしは口を噤んで、足元を見る。歩き出すと、定本さんも歩き出した。

「でも明戸さん、理由にしてたのは、ごめん。わたし、きっと本当の意味で、明戸さんを見ることができてなかった」

「なんだそれ。だいたい、読書に向いていない定本さんと、書物に支えられているあたしの交流が、続くわけないじゃん。『星の王子さま』の良さがわかんなかったんでしょ。あれはさ、見えないものに価値があると信じる心の話をしてるんだよ。そこに美しく愛おしいものがあるかもしれない、そう思うだけで、世界は何十倍も輝いて見えるって話。砂漠が井戸を隠していると信じる限り、その美しさは失われないままなんだ。すごく、すごく、あたしにとって大切なこと。定本さんには、ちっともわからなかったんだろうけど」

「うん」

「定本さんが、わからないとか難しいとか無駄だったって切り捨てるもののなかに、たくさんの素晴らしいものがあるんだよ。『走れメロス』を読んだ時間も、『星の王子さま』を読んだ時間も、定本さんにとっては白紙の時間で、そのうち忘れてしまうだろうけど」

「そうだね。夏の間、わたしと明戸さんが『アトガキ』で過ごした時間を、わたしはいつか、忘れるかもしれない」

本人の口から実際に言われると、ぐっと胸のあたりが悶えた。自分ではいくらでも自分を攻撃できるのに、いざ似たような攻撃を外から受けると、対処できずに傷を負ってしまう。

「へーえ、じゃあやっぱり、あの時間は無駄で、カットされるべき時間だったってことだね。いいじゃん。間違ってないよ、お互い。人生はストーリーだ。そう思うから、最高の終わり方を考えていられる。目指す最期に向かって生きていける。サハラ砂漠でぱたりと倒れて、どこかの星にいる王子さまを思いながら目を閉じる。そうしてあたしは完結するんだ」

「そこのふたり、走れー」

遠くから声がした。振り返ると、渡辺先生が、口元に手を当ててメガホンの代わりにしている。

「マラソン大会だぞ。散歩大会じゃないんだ」

真っ当な注意喚起だ。

定本さんは先生に会釈して、歩き出した。いいの？　と思うけど、課題提出をサボって授業態度も悪いあたしが言えた義理ではないので、黙ってついていく。

一年生は大方走り終わって、二年生の先頭もすでにゴールしているらしい。

「あ、カホだ」

定本さんが、対岸に手を振った。

「陸上部の友だち。優勝したのかな」

対岸の人物が、両手をしっちゃかめっちゃかに動かして、飛び跳ねた。あたしたちの進行方向を、激しい身振り手振りで示している。

「なんか、怒ってない？」

「優勝してね、って言われてたから」

「あのさぁ……」

二の句が継げない。定本さんは我関せずの顔で歩いている。鋼のメンタリティだ。

「わたし、ずっと、ずっと、考えてたんだ。理由ばかり探しちゃって、同じことの繰り返しだから、走る理由とか行動する理由を探すんじゃなくて、走る理由に悩んだ原因を探した。逆転の発想の逆転だよ。いや、下の句を上の句にするんじゃなくて、上の句のさらに上の句を探すって感じかも」

「根本をたどるってこと？」

「そう。明戸さん、白紙の時間は、無駄じゃないよ。愛するものでもない。わたしの人生には、無駄とか有益とか、できるとかできないとかじゃなくて、意味があってもなくても、なくなりはしないものがたくさんある。だからね、白紙の時間は、空っぽの時間とは違う。なかったことにはならない時間なんだ」

定本さんは嬉しそうだ。

「考えて、悩んで、ようやくたどり着けた。わたしの人生には、白紙が〝在る〟んだ。白紙でもいいとか、無駄でも愛せばいいとかじゃなくて、〝在る〟んだよ。全部通り過ぎちゃうけど、カットできちゃうけど、たしかに在ったんだ」

あたしは彼女の笑顔の向こうに、洞窟の奥深くで神秘に出くわした探検家のような、未知の巨大地球型惑星に着陸した冒険家のような、眩《まばゆ》いきらめきを見る。

「明戸さん、わたしたちは、存在してる。意味がなくても、理由がなくても、愛されなくたって、理解されなくたって、存在してる。わたしの人生は、白紙のメモ帳。書き留めたことに、脈絡がなくてもいい。読み返さなくてもいい。白紙が続いてもいい。意味があってもなくても、無駄になっても、愛さなくてもいい。在るだけでいいんだ」

すべてがほどけたみたいな表情だった。あたしは冷静に、かつ放心的に、思考の糸をつむぐ。いまの話を織合さんが聞いたら、「なんだって?」と苦笑するだろう。恭一郎が聞いたら、「面白いこと言うね」と乗ってくるだろう。みえこさんは「そうですか」と受け止める。柊木さんは「よかった、よかった!」と豪快に寄り添う。あたしは、静かに反芻《はんすう》している。

白紙が、在る。ただ、在る。あたしたちは、存在している。ただ、存在している。

〝存在〟の、発見。

エウレカと叫んだアルキメデスも、彼女みたいな顔をしていたのだろうか。

「ありがとう、明戸さん」

「え、あたし?」

「わたしひとりだったら、絶対にこの結論にたどり着けなかった。考えもしなかったよ。明戸さんと知り合って、いろんな人と話して、そういう時間があったから、気づけた。理由に拘ってよかった」

「じゃあ『アトガキ』での日々は、何ひとつ無駄にならなかったってこと?」

「ううん。無駄もいっぱいあった。読書もたぶん、無駄だった。過ごした時間や経験した物事に何かが見出されなくても、いいんだよ、きっと」

二つ目の橋までやってきた。ここを渡って、少し歩けば、スタート地点に戻る。走り終わった人から各自学校へ戻るので、堤防はいつの間にか人気が減って、生徒はもうあたしたちしかいない。後ろから距離を置いて、渡辺先生がついてくる。

「みんなゴールしてるぞー」

先生は発破をかけるだけだ。無理に走らせるつもりはないらしい。定本さんはびくともしない。「はーい」と返すだけだ。

「わたしたち、同じじゃなくていいし、わかり合えなくてもいい。それぞれの在り方を大事にすればいいんだ」

定本さんが言った。

「とにかく、わたしは白紙を、明戸さんは物語を積み上げながら、お互い生きていこうよ。考えたり、悩んだり、無駄にしたり活かしたり、走ったり歩いたりしながら」

スタート地点兼ゴール地点で、横田先生とひとりの女子生徒が待っている。蓼科先生もいる。

「ほら、最後くらい走れー」

横田先生が手を叩いた。

「人生最後の学内マラソン大会だぞー！」

目立っている。このままだと、職員室があたしと定本さんの話題で持ちきりになる。あたしはいい。定本さんが……あの定本さんが、優勝しなかったとか歩いたとかで騒ぎになる。内申点が下がって、入試に響かない？　推薦を受けさせるべきじゃないとか、言われるんじゃないの？　本当にいいの？

定本さんは手を振り返すばかりで、走り出す素振りがない。

「定本さんさ、ものすごくマイペースだって、言われない？」

「言われる」

「改善しようとか、思わないの？」

「思わないよ」

「欠点なのに？」

「そうなの？」

きょとんとされた。

「あ、だから明戸さんは、バッドエンドをやめたいと思うんだね」

「どういうこと？」

「欠点だと思ってるんでしょ？」

あたしは、あたしは……「んえ？」とか、「いや」とか、混乱して、しどろもどろになっている。そうだよ、欠点だと思ってるよ。だから改善したいんだよ。何の話？

「えと、定本さん、あの、さすがに、なんか、走らない？」

「走るとペースが合わせられないよ」

「いいから。合わせなくていいから。最後くらい、ほんと、走ろうよ。なんか、もう、恥ずかしいから」

「わかった」

ぎゅんっと定本さんがいなくなった。

「あえっ？」

もう先にいる。単に走る速度が速ければ、トップスピードに到達する速度も速い。背中がどんどん離れていく。あたしは慌てて走り出した。久々の全力疾走だ。両足は重いし、思ったように動かないし、苦しいし、つらい。なんだこれ。なんであたし、走ってるんだ？　おかしいな、こんなはずじゃなかったんだけど。もしかして、終わり良ければすべて良しって、思惑通りにいくことが稀なのか？　嘘だろ？

定本さんはすでに遠い。容赦がない。あたしに合わせるつもりも、あたしを待つ気も、当然ながらないらしい。あたしはどんどん馬鹿らしくなってくる。なんかもう、実にくだらない。

ハッピーデッドとか、ハッピーエンドとか、バッドエンドとか。なりたい自分とか、なれない自分とか、不幸だった自分とか、自分を受け入れるべきとか、変わるべきとか、将来どうするかとか、家族の心地良い形とか、不安とか、もしかして、邪魔なものじゃないか？　すごく、しょうもないものじゃないか。

そもそもの話、一緒に走ろうね、って誰かに言うこと自体が、あたしらしくなかった。一体何に拘ってたんだろう。あたし、何に苛立って、引っ掛かって、考え込んで、悩んで……。

定本さんがゴールした。あたしを振り返る。あたしはまだ走っている。定本さんを追いかけているわけじゃない。振り落としたくて、置いていきたくて、走っている。歯を食いしばって、拳を握って、走って、走って、叫びそうになりながら走って、真っ白になった頭と投げ出された岩みたいな身体でゴールした。途端に力が抜けてへたり込みそうになる。

呼吸を忘れていた。必死に空気を吸い込む。後頭部が熱い。心臓が激しく脈打って爆発しそうだ。目眩がする。あたしが膝に手をついて目を瞑って息を整えている間、残っていた女子生徒が定本さんに突っかかっている。

「風香！　優勝！　優勝は！　どうしたの！」

「歩いた」

「マラソン大会なんだけど！」

「マラソン大会って、歩けるんだね。気づかなかった」

「はあ？」

「カホは優勝したの？」

「したよ！　風香と競いたかったんだけど！　スタート直後に失速するとか！」

「走ることができるなら、走らないこともできて、歩くことができて、そうやってできることを増やせるんだって、気づいちゃったから」

「ちょ、はあ？　もう……いや……」

「今度、一緒に走ろうね。部活においでよ。勉強の気晴らしに」

「……そうする」

カホさんは諦めた。慣れているんだろう。

先生方が、「行こうか」と声をかけてくる。「ゆっくりでいいぞ」「大丈夫か」「水分取れよ」と気にかけてくれる。横田先生は点検があるらしく、蓼科先生と渡辺先生があたしたちを高校まで送ることになった。

水筒を回収したあたしたちは、土手の階段を街の方向へ下りる。身体の熱がゆっくり冷めていく。足に疲労が溜まって、痺れている。

「明戸さん」

呼ばれて顔を上げると、階段途中で振り返った定本さんが、満面の笑みを浮かべていた。

「わたしと一緒に歩いてくれて、ありがとう」

「あ、うん」

定本さんをモデルにできていた自信がなくなってきた。おそらく正確性を欠いていた。だって『文字の配達人』の主人公は、ここまでマイペースじゃない。

カホさんが階段を駆け上がってきて、あたしに囁いた。

「何がどうなってこうなったんですか？」

「さあ……」

「カホ。優勝したなら、体育館に行かないと。表彰式があるよ」

カホさんはうぐぐと唸った。そして、「風香はあとで説明」と言い残して立ち去った。渡辺先生があたしたちを追いこして、カホさんに声をかける。ひとりで帰らせるわけにはいかないのだろう、ふたりで横断歩道を渡っていく。

「走りやすかったでしょ？　堤防」

定本さんが尋ねた。あたしは「そこそこ」と返す。信号が点滅したので、足を止めた。走って渡るほど急いでいないし、あたしにそんな体力は残っていない。

前を向いたまま、隣に言う。

「定本さん。それでも、人生はストーリーだよ。誰が何と言おうと、あたしにとって、人生はストーリー。あたしの人生は、あたしが描きたいように描く。あたしだけのストーリーにして、趣味でも仕事でもいいから小説を書き続けて、いつかサハラ砂漠でぱたりと倒れて死ぬんだ」

あたしの人生は、ただ在るだけでは収まらない。そこに白紙が在るなら、あたしは文字で埋めたい。そこに物語を綴《つづ》りたい。一度頭を真っ白にしてもなお、あたしはそう思う。定本さんが頷く。

「いいね」

「思考し続けましたか？」

蓼科先生の声に、あたしたちは振り返る。

あたしは首を傾げているのか頷いているのかわからない具合に、肯定した。

「たぶん」

定本さんはしっかりと答えた。

「一生分、考えた気がします」

「よかった。どうか止めないでね。休みながらでいいから、どうか。費やした時間は、忘れたり、無駄になったりするけど、なかったことにはならないから」

「自己形成に役立つから、でしょ？」

あたしの反応に、蓼科先生は肩をすくめた。

「役立つかもしれないし、役立たないかもしれない」

「どっち？」

「人によるってことです。先生には、役立ちました。でも先生に考えることを教えてくれた人は、思考は最高の暇つぶしだと言っていた」

「先生の先生ってこと？」

「そんなところ。大人は皆、昔は子どもだったんですよ。ひとりひとり違う、子どもだった。考え方も、感じ方も、歩き方も違った。でも誰にとっても、思考だけは、誰にも取り上げることのできない財産だ。それは確かです」

舌の上で単語を転がす。財産ね。財産。

背後から、横田先生の声がした。蓼科先生を呼んでいる。訊きたいことがあるみたいだ。蓼科先生が堤防に戻っていく。「あとから追いつきます」と言い残して。

「そうだ、明戸さん」

定本さんの、弾んだ声に呼ばれる。

「『文字の配達人』をちょっと読んで思ったんだ。今度はもっと、余白を多くしてほしいな。ぎゅうぎゅう詰めじゃなくて。そうしたら、読むハードルが低くなるから」

「ハードルが下がったら、読んでくれるの？」

「どうだろう。わたし、ハードル走じゃないからなぁ」

「長距離だからね」

定本さんにとって、読書は白紙の時間だ。在っただけのものになる。『走れメロス』を貸す代わりに、モデルになってもらう約束は、とうに果たされた。期間限定の友だちは解消された。『アトガキ』はそのうち閉店する。あたしは本が好きで、定本さんは陸上部。接点はない。関わり合う理由もない。織合さんの結婚式、定本さんは来ないかもしれない。確かなことなんて、どこにもない。

けど、だから、次の約束を作ってしまえば。

「あたし、そのうち、最高のハッピーエンドを書き上げるよ。何を利用することもなく、余白に気を配った物語を作り上げてみせる。それがあたしの目標で、あたしの理想だ。そんな小説なら、読んでくれる？」

たとえば今日のマラソン大会を、小説にできたら。将来の夢のためでも、受賞するためでもなく、ただ小説に書けたら、結構いい話になりそうだ。

定本さんの口角が、きゅっと上がる。

「読めそうなら、読んでみようかな」

「絶対に読む、とは言ってくれないんだ？」

「うん」

当然のように返す定本さんに、あたしは尋ねる。

「いまのは、メモ帳にメモした？」

「したよ」

「白紙に書いてくれた？」

「書いた。でも見返す習慣がないから、わたしが忘れる前にハッピーエンドを書いてもらえると、すごく助かる」

「善処する」

大嫌いなマラソン大会で、一緒に歩いてくれた友だち。あたしの書いた小説を、絶対に読むと言わない友だち。そのうちまた、いずれ、白紙の埋まり方とか、重ねた量とかを話題に集まれたら、それでいい。あたしがハッピーエンドを書いて、その小説を定本さんが読んでくれたら、いや、読んでくれなくても、それでいい。あたしは物語を追い求めて、定本さんは白紙のメモ帳に何かを書き込んで、それぞれの場所で、それぞれ存在しながら、思考しながら、自分なりに人生をやっていけたら。

「マラソンのこと、友情破壊スポーツって言ってごめん」

「いいよ」

「あたしと一緒に歩いてくれて、ありがとう」

「うん。楽しかったね」

「……うん」

信号が、青になった。

あたしたちは歩き出す。

あたしは歩いたり止まったりするし、定本さんはそのうち走り出すだろう。

本書は書き下ろしです。
原稿枚数509枚（400字詰め）。

装画　丹地陽子
装丁　bookwall

鯨井あめ

Kujirai Ame

1998年生まれ。兵庫県豊岡市出身。兵庫県在住。2015年より小説サイトに短編・長編の投稿を開始。2017年に文学フリマ短編小説賞優秀賞を受賞。2020年、第14回小説現代長編新人賞受賞作『晴れ、時々くらげを呼ぶ』(講談社)でデビュー。他の著書に『アイアムマイヒーロー!』『きらめきを落としても』『沙を噛め、肺魚』(いずれも講談社)がある。

白紙を歩く

2024年10月25日　第1刷発行

著　者　　鯨井あめ
発行人　　見城 徹
編集人　　菊地朱雅子
編集者　　茂木 梓
発行所　　株式会社 幻冬舎
〒151-0051 東京都渋谷区千駄ヶ谷4-9-7
電話：03(5411)6211(編集)
03(5411)6222(営業)
公式HP：https://www.gentosha.co.jp/
印刷・製本所　TOPPANクロレ株式会社

検印廃止

ISBN978-4-344-04369-5　C0093

この本に関するご意見・ご感想は、下記アンケートフォームからお寄せください。
https://www.gentosha.co.jp/e/